KB172906

나무와 돌과 어떤 것

나무와 돌과 어떤 것

이갑수

열화당

동물의 모든 몸부림은
결국 뿌리 근처에 몸을 뉘어
식물로 되살아나려는 한 방편이다

차례

봄, 산문

나뭇잎 한 장에서 알 수 있는 것들

봄이다. 신록의 계절이다. 오래전이라면 녹색의 물결을 그저 녹색으로만 여겨 이 녹색의 잔치에 초대받아도 무덤덤하게 나무 아래를 지나치고 말았을 것이다. 하지만 이제는 그럴 수가 없다. 식물의 나라에 입장한 뒤부터는 연두에서 초록까지, 그 절정의 나뭇잎 세계에 매료되었기 때문이다.

나무에 대한 관심은 저 멀리 숲속까지 뻗어 나가지만 나무에 대한 지식은 일천해서 숲으로 가는 입구에서 그만 주저앉고 만다. 그래도 퍽 다행으로 나무를 고리로 해서 최근에 좋은 동무들을 많이 만났다. 나무가 연결해 준 고마운 친구들이 아니었다면 얼마나 쓸쓸했을까. 그이들을 따라 나무 이름을 부르고, 공책에 나무가 지닌 면면을 기록하며 골짜기 끝까지 헤매며 나아간다.

나무는 많은 것들로 이루어져 있다. 뿌리, 줄기, 가지, 잎, 꽃, 열매. 그중에서도 요즘 단연 나의 눈길을 사로잡는 건 잎이다. 우리가 흔히 소리내어 말을 하듯 나무는 잎으로 소리 없는 말을 한다. 그 말을 알아들을 귀가 내게 없을 뿐이다. 뿌리가 없어 두리번거리는 우리는 사람의 말에 의지해야 한다. 그러나 중심이 분명한 나무에게 무슨 말이 그리 많이 필요하랴. 서걱이는 바람 소리와 단호한 침묵의 언어가 있을 뿐.

나무의 잎은 잎몸과 잎자루로 나뉜다. 잎몸은 가운데 주맥이 있고 옆으로 촘촘하게 측맥이 나 있다. 주맥이 줄기라면 측맥은 가지인 셈이다. 가지에서 잎자루를 통해 최대한의 면적으로 부푼 잎. 이 세상의 살아 있는 것들을 먹여 살리는 양분의 기초인 광합성이 바로 이 작은 잎에서 힘껏 일어나고 있다. 나무의

11

잎자루는 왜 이렇게 가느다랗고 잘록할까. 나무는 공들여 완성한, 제 몸의 일부인 잎을 왜 이리도 불안한 상태에 놓이게 한 것일까.

식물학자들에 따르면 그것은 잎이 바람에 잘 흔들리게 하기 위해서라고 한다. 잎이 광합성을 하면서 내뱉는 산소가 멀리 잘 퍼지도록 하기 위해서라는 것이다. 능선에서 길게 불어오는 거친 바람을 어르고 달래어 순한 바람으로 만들어 세상으로 내려보내는 잎들의 능력. 그뿐만이 아니다. 잎사귀가 잘 흔들리는 것은 결국엔 언젠가 나무에게서 잘 떨어지기 위한 장치이기도 하다.

지리산 쌍계사 뒤편을 돌아 불일폭포까지 다녀온 적이 있다. 부처님 오신 날을 맞이하여 연등이 주렁주렁 달려 있는 가운데 바람에 떨어진 당단풍나무 잎사귀가 길가에 무성했다. 잎의 모양은 그 종류가 여러 가지다. 타원형, 피침형, 넓은 피침형, 주걱형, 원형, 선형, 달걀형, 삼각형, 염통형 등. 당단풍나무의 잎은 그중에서도 장상掌狀, 즉 손바닥 모양이다.

나보다 두 배 가까운 손가락이 달려 있는 당단풍나무의 잎사귀. 바람에 흔들린 것 말고는 그 아무런 잘못을 저지르지 않았다. 하지만 가야 할 때를 알고 스스로 가지에서 홀로 떨어져 흙에 녹아 든다. 흙으로 떨어져서는 양분이 되어 토양을 기름지게 만든다.

물에 젖고 흙이 묻은 잎사귀 한 장을 주워 손바닥에 올려놓고 생각해 본다. 이 세상을 떠나는 것이 어디 낙엽만의 운명일까. 낙하하는 나뭇잎을 보다가, 낙엽을 태우다가, 그러다가 문득 시심詩心에 젖기도 하는 우리들도 마찬가지이다. 보라, 둥근 열매처럼 얼굴을 받쳐 놓은 잘록한 모가지 아래 더욱 더 잘록한 사람의 발목!

제주는 특이한 풍광이 많고 그에 어울리는 특이한 이름도
많다. 제주를 대표하는 오름의 이름만 몇 개 나열해도 입안이
복잡해진다. 우리말이 그만큼 풍성해지는 것 같다. 제주에서
유명하다는 흑돼지 오겹살을 구워서 먹는 것과는 또 다른 차원의
쫄깃한 맛이다.

　기해년 초파일, 궁대악오름에 올랐다. 제주시 성산읍
수산리에 있는 궁대악弓帶岳은 이름만 가지고는 오름이라는 것을
잘 모르겠지만 엄연한 오름이다. 오름의 허리 부분이 마치 활
모양의 띠가 둘러져 있는 것처럼 보이는 데서 명칭이 유래했다고
한다.

　날이 날이니만큼 살아간다는 것의 의미를 새삼 새기며
능선을 걸었다. 오늘 우리가 찾는 건 새우난초. 특이한 지형과
특이한 이름에 걸맞게 궁대악 사면 곳곳에 새우난초가 자태를
뽐내고 있었다. 어느 곳에는 한라새우난초도 보였다. 새우난초는
풍성했다. 이 두꺼운 흙을 뚫고 어찌 이리도 곱게 올라왔는가.
색상이 다른 특이한 새우난초도 실컷 보았다.

　인적 드문 오름의 산비탈에는 몇 년 치의 낙엽이 두껍게 쌓여
있었다. 그간 아무 발길도 허락하지 않은 듯 오름의 표면은 아주
건조했다. 바짝 마른 산은 그간의 적폐를 털어내듯 낙엽을 밟을
때마다 요란한 소리를 내었다. 눈은 눈대로, 발은 발대로 포식을
하면서 오른 궁대악 정상에서 마음껏 바다를 바라보았다.

　내려가는 길, 호젓한 오솔길의 작은 쉼터에 잠시 머물렀다.
따가운 햇살을 받아 소나무가 그림자로 내려앉고 그 사이로 내

그림자가 낑겨 있었다. 문득 이 고요한 숲에서 그림자들끼리는 뭔가 내통하지 않을까 하는 궁리가 일어났다. 이 세상의 배후는 어딜까 하는 궁금증도 솟아났다. 내친김에 내 마음의 바탕은 어디일까, 헤아려 보기도 했다. 부처님 오신 날이라서 더욱 그랬던 것일지도 모르겠다.

우람한 소나무 숲 사이로 밑동만 남은 게 드문드문 보였다. 우뚝 서 있을 땐 한 아름에 불과했으나 잘린 나무의 단면 둘레는 나 한 사람 앉기에 충분하고도 남음이 있었다. 나이테가 선명한 곳에 관리 번호가 붙어 있었다. 아마도 고약한 재선충병에 걸린 소나무들을 처치한 것으로 짐작이 되었다. 붉게 칠한 페인트는 소나무가 흘린 피인 듯 보이기도 했다. 그리고 아무도 없는 야단법석野壇法席의 낙엽 아래를 휘저으며 부지런히 오가는 수행자들이 있었다. 눈매는 형형하고 몸매는 홀쭉한 채 검은 가사 장삼을 걸친 고독한 개미들.

포행布行이라도 하는가. 탁발이라도 나가는가. 일군의 검은 수행자들이 낙엽 밑으로 자취를 감추었다. 바람이 불 때마다 소나무가 흔들리고, 나무가 흔들리자 그림자도 따라 흔들렸다. 그 사이에 끼인 홀쭉한 내 그림자도 일렁이는 마음을 따라 흔들렸다. 얇은 구름, 두터운 구름에 따라 햇빛의 세기가 달라져 그림자는 짙고 옅기를 되풀이했다. 간간이 새들이 청랑하게 지저귀는 소리가 들렸다.

오늘은 부처님 오신 날. 산다는 것의 의미를 다시 한번 더 생각했다. 살아 있음의 각별함을 새삼 느꼈다. 바람이 불어 마음을 건드리고, 햇살이 찾아와 목덜미를 간지럽히고, 새소리가 둥지처럼 귓구멍을 찾아드는 것. 이 모두가 살아 있는 동안 챙길 수 있는 복락이리라.

14

그러다가 하루치의 피곤과 어떤 희열이 교차하며 차오르는
순간, 지쳐 누운 내 그림자를 데리고 일어나 이 고요한 현장을
떠나려고 할 때였다. 이곳에 짧게 머무는 동안 내 시선에서 비켜나
있던 것이 불쑥 마음을 때리고 들어왔다. 그것은 여기저기 흩어져
의젓하게 뒹굴고 있는 솔방울이었다.

바람에 날리는 송홧가루를 포착하고 수정을 거쳐 열매로
자라난 솔방울. 얼마 전까지만 해도 층층의 열매마다 솔씨를
간직하느라 입을 꾹 다물고 있었을 솔방울. 이제 솔방울들은
나무의 높은 곳에서 아래로 내려왔다. 모두들 공평하게 가장
낮은 곳을 찾은 것이다. 잘려 나간 그루터기 옆에서 솔방울은
부모의 슬하를 떠나는 자식들처럼 서성거리고 있었다. 꼭 품고
있던 씨앗들을 모두 내보내고 활짝 벌어진 솔방울들의 저
활연대오豁然大悟!

매화마을의 더디고 느린 시간들

섬진강의 한 골짜기를 툭 뭉개고 들어선 광양 매화마을. 이맘때가
매화의 절정기라서 마을은 산지사방에서 들이닥친 관광객으로
몸살을 앓고 있었다. 촉촉이 내리는 봄비가 분위기를 한층 살려
주고 있었다. 호우시절好雨時節이라고 했던가. 단맛이 날 정도로
반가운 비는, 하늘로부터 오는 부드러운 물질이었다.
　　농원의 매화나무 꽃잎은 나뭇가지에만 달려 있는 게
아니었다. 산책길에도 나무 아래 거무튀튀한 돌팍에도 꽃잎이
내려앉았다. 떨어진 꽃잎은 물기를 이용하여 착 들러붙어 있었다.
같은 나무에서도 꽃잎의 운명은 다 달랐다. 미로처럼 복잡하게
발달한 길을 걷는데 어느 나무 아래 매산梅山 홍직필洪直弼의 시,
「관매觀梅」가 소개되어 있었다. 그대로 옮겨 적는다.

> 一日觀梅十二時　하루 종일 매화를 보았더니
> 梅應爲我落花遲　매화도 응당 나를 위하여 더디게 지네
> 遲遲自有無窮意　더디고 느림 속에 무궁한 뜻 있으니
> 明德馨香皓首期　밝고 우아한 향기는 끝까지 깨끗하네

특히 삼구三句의 일곱 글자를 입안에 넣고 굴리면서 천천히 걸었다.
지지자유무궁의遲遲自有無窮意. 피고 지는 꽃이라지만 그저 덧없이
지는 존재란 어디에도 없을 것이다. 꽃잎 한 조각 떨어져 날려도
봄기운이 그만큼 깎여 나간다는 두보의 시구처럼 꽃잎 하나
없어져도 이 골짜기의 봄빛이 출렁할 터이다. 가지에서 떨어져
나와도 마구 흩어지지 않고 나무 아래를 배회하는 것도 느리게

지는 한 방법이리라.

　그렇게 이런저런 생각과 함께 길을 짚으며 작은 언덕을 돌아가는데 이런 팻말이 보였다. "생칡즙. 한 잔 드시고 십 년 젊어지세요." 조금도 망설임 없이 내달린 힘찬 글씨였다. 다분히 장삿속임을 모를 리 없지만 그래도 그 글씨를 쓸 때의 진심이 고스란히 느껴지는 듯했다. 가게를 안 가 볼 수 없었다.

　할아버지와 할머니가 운영하는 산중의 조그만 가게는 입구가 요란했다. 큼직한 칡이 서 있고, 기계로 즙이 짜여 푸석한 줄기만 남은 칡이 잔뜩 쌓여 있었다. 그리고 씌어져 있기를, "사람이란 이름을 가지신 모든 분들을 사랑합니다. 당신의 가슴에 예쁜 집 한 채 지어 드리리다." 또 이런 현수막도 간판처럼 붙어 있었다. "건강은 건강할 때 지키세요. 위장병, 숙취 해소, 소화 불량, 여성 호르몬 증가, 고혈압, 당뇨, 변비, 몸속 중금속 분해, 골다공증, 아토피성 피부."

　이렇게 세상 사람들 사이를 돌아다니며 괴롭히는 병명들을 한곳에 적고 보니 칡이 이렇게 우리 몸에 좋구나, 하는 생각도 들었지만 우리 몸은 이리도 각종 병의 온상이로구나, 하는 생각이 더욱 들었다.

　기계를 돌리는 할아버지와 할머니께 '십 년'을 사지 않을 도리가 없었다. 두 잔 마시면 이십 년 젊어지니까. 싱거운 농담을 던졌더니 그렇다마다요, 하는 당연한 대답이 돌아왔다. 이 칡은 어디에서 왔느냐고 물었더니 근처의 쫓비산에서 캔 것이라 했다. 나도 어릴 적 시골에서 칡을 많이 캐 먹었는데, 받아 든 즙에서 옛날 칡맛이 났다. 쫓비산에서 온 칡이라 더욱 그랬나 보다. 젊어지는 것까지는 모르겠지만 씁쓰레하고도 향긋한 칡맛이 배를 한 바퀴 돌자 힘이 솟아났다.

매화나무 아래서 매화의 밑동을 만지며, 그들이 풍기는 향기를 만끽하며 보내는 한나절 동안, "지지자유무궁의. 더디고 느림 속에 무궁한 뜻 있으니, 지지자유무궁의." 계속 중얼거리며 그 뜻을 매만졌다. 그리고 매화가 더디게 지듯 나도 더디게 살아가는 방편이 혹 뭐 있을까 궁리해 보기도 했다. 아무리 생각해도 여러 잔의 생칡즙은 아니었다.

한 가지 풍경이 눈에 들어왔다. 가족 단위로 소풍 온 사람들이 많았다. 좋은 장소마다 많은 이들이 사진 찍기에 여념이 없었다. 그때였다. 어느 단출한 가족이 매화나무 아래로 들어갔는데, 아빠가 사진 찍어 줄 때 꼬마가 한쪽 발을 슬쩍 드는 게 아닌가. 어쩌다 한번의 장난인 줄로 알았는데 그게 아니었다. 아이는 사진을 찍을 때마다 같은 동작을 되풀이했다. 그것도 '김치'라는 신호에 맞춰 매번 그러는 게 아닌가. 혹 시간에 관해 모종의 비의라도 터득한 것일까. 거기까지 신박한 생각이 미치는 순간 아이가 또 발을 들었다. 여러 번 그러는 것으로 보아 아마도 버릇이 된 듯했다. 한 발을 들면 그만큼 시간도 반으로 줄어 느리게 가는 것일까.

오호라, 저 총명한 아이는 한 발로만 서서 시간을 천천히 가게 하는 비결을 대체 어디에서 배운 것이더냐.

아파트가 생기면서 골목이 없어졌다. 일직선으로 죽죽 뻗어
나가는 곳에서는 곡선의 골목을 품을 여유가 없기 때문이다.
효율의 시대에 그러한 곡선은 낭비인 것이다. 필요가 발명의
어머니라면 골목은 호기심의 아버지이다. 구부러지는 곳에서
호기심은 태어난다. 호기심이 없는 곳에서 아이들이 놀 이유는
없다. 골목이 없어지면서 골목의 아이들도 떠났다.
　　이뿐만이 아니다. 골목이 사라지면서 덩달아 처마도
없어졌다. 콘크리트로 마감재를 쓴 높은 건물은 그런 여유를
부릴 공간이 없다. 그런 공간은 아무런 쓸모가 없다고 여기는
것이다. 효율만 숭배하고 쓸모있는 것들로만 채운 서울이다. 그런
사정이고 보니 이제 서울에서 제비 소리를 듣는 건 요원한 일이
되고 말았다.
　　제비를 따라가는 건 아니지만 꽃을 찾아 주말이면 서울을
떠난다. 봄빛이 완연한 날, 강원도 양양의 석호潟湖에서 이틀간
벼과와 사초과의 풀 공부를 하기로 했다. 큰 나무들 말고, 활짝
핀 꽃들 말고, 아주 가늘고 키 작은 식물들이 있다. 화려하지도
드러나지도 않으면서 지표의 한 면을 담당하는 그런 식물들이다.
사람의 입장에서 본다면 그리 쓸모가 풍부하지 않은 종류들이라고
할 수도 있겠다.
　　그런 풀들일수록 사실 우리에게 가장 가까이에 있다. 벼과와
사초과의 풀을 모르고 나무나 야생화를 이야기한다는 건 골목을
밟지 않고 큰길이나 고속도로로 나가겠다는 말과 같다. 그냥
쭉 뻗은 직선 위주의 길과 달리 곡선의 골목은 아기자기하다.

19

구불구불한 생김대로 저마다 품은 사연들 역시 길고 많다. 식물 생태계의 하부를 담당하는 벼과와 사초과도 마찬가지이다. 여러 과 중에서 종류가 많은 축에 속하고 생긴 것마저 서로 비슷해서 분별하기가 참으로 어렵고도 애매하다.

　동해안의 망상해수욕장 근처의 석호를 찾았다. 예전엔 물이 가득 고인 습지였지만 지금은 가물어서 모래가 가득했다. 발음하기도 참 어려운, 그러나 한번 불러 주면 뭔가 통하는 것 같은, 그래서 이런 식물과도 한번 소통했다는 마음이 생기면서 기분이 괜히 좋아지는 벼과와 사초과 식물들. 여기에 그날 만난 그들의 이름을 적어 본다. 큰고랭이, 갯방동사니, 민하늘지기, 암하늘지기, 진퍼리사초, 쇠보리, 모기골, 병아리방동사니, 우산방동사니, 세대가리, 기장대풀, 꼴하늘지기, 바늘골, 달뿌리풀, 좀보리사초, 통보리사초.

　사람들이 흔히 주식으로 먹는 쌀과 밀은 사초과와 이웃한 벼과에서 유래한 것이다. 벼과와 사초과가 없었더라면 우리는 무얼 먹고 살았을까. 유구한 식물 진화의 역사에서 그 둘은 나란히 달려왔다. 지금 세계 각국은 치열하게 종자 전쟁 중이다. 작물화의 과정 중 앞서 열거된 식물들에서 언제 노다지가 쏟아질지는 아무도 모르는 일이다. 이미 종자 전쟁에 뛰어든 현실을 생각한다면 미래의 식량은 저들 가운데에서 나올 수도 있을 것이다.

　첫날 공부를 마치고 저녁을 먹으러 식당으로 갔다. 공부도 공부지만 먹는 것도 중요한 일이다. 양양에 들른다면 꼭 먹어 주어야 한다는 매운탕집으로 갔다. 맛으로 널리 알려졌다는 식당의 분위기가 범상치 않았다. 오늘 주최 측에서 마련한 메뉴는 은어 튀김과 매운탕이었다. 잘 차려진 음식 중에서도 오늘은 특히

고슬고슬한 공깃밥을 음미하면서 천천히 야물게 씹어 먹었다.

식당에서 나오니 식물이 자랄 곳도 아닌데 카메라 소리가 터졌다. 몇몇 사람들이 슬레이트 지붕의 식당 처마에서 뭔가를 발견한 모양이었다. 호기심을 이기지 못해 후다닥 달려갔더니 제비집이 있었다. 제비집에 든 것은 새끼 제비 여섯 마리였다.

아파트가 들어서면서 골목이 사라지고, 처마가 없어지고, 그래서 결국 제비까지 오기 어려워진 서울. 그곳에서 없어진 게 또 하나 있으니 그건 처마에 빗물 떨어지는 소리와 처마를 스쳐 가는 바람 소리이다. 식당 제비집의 새끼 제비들은 이런 소리를 다 들을 것이다. 벼는 논 주인의 발자국 소리를 듣고 자란다는 말이 있다. 먹이 구하러 나간 우리 부모 언제나 올까. 새끼들은 제 부모가 오는 소리에 귀 기울이며 무럭무럭 자라나겠지. 제비 가족의 사연이 익어 가는 매운탕집 처마를 오래 쳐다보았다.

작살나무

입춘이다. 이십사절기에는 입하, 입추, 입동도 있지만 입춘은
어쩐지 그들과 격을 달리하는 것 같다. 봄에서 여름으로, 여름에서
가을로, 가을에서 겨울로 가는 것보다 겨울에서 봄으로 가는
변화는 체감의 정도가 확연히 다르다. 입춘은 세상이라는 꽃이
제대로 확 벌어지는 변곡점이다.

입춘을 그저 '入春'이겠거니 했다가 '立春'임을 알고 놀랐던
적이 있다. 봄이 있어 그 안으로 우리가 들어가는 것이라고
여겼던 얄팍한 생각을 일거에 무너뜨리는 표기, '立春'이다. 이
말에는 사람만이 자연의 중심이 아니라 우주 만물 모두가 저마다
주인이라는 생각도 은근히 담겨 있다고 할 수 있겠다. 굳이 먹 갈고
붓 들어 화선지에 써서 문지방에 붙이지 않아도 된다. 절기명을
호명하는 것만으로도 더할 나위 없는 입춘축立春祝이다. 입춘, 입춘,
입춘, 입춘. 몇 번 중얼거리자 얼었던 얼굴에 화색이 돌고 그 어떤
따뜻한 기운이 발끝까지 쭉 흘러내리는 것 같았다. 꼿꼿하게 선
봄!

지방으로 쏘다니는 꽃동무들이 전하는 소식에 따르면 벌써
복수초, 변산바람꽃, 노루귀 등등 봄을 알리는 올해의 꽃들이
피어나고 있다. 눈을 뚫고 솟아오르는 꽃들을 직접 찍은 사진으로
보는데 기분이 저절로 훈훈해졌다. 파주에서 혹독한 추위와
씨름하느라 소소한 일들에 붙들려 마음을 내지 못했다. 함께하지
못한 아쉬움을 달래려 심학산으로 갔다.

내가 상승하는 기분을 느끼며 정상으로 오르듯, 두꺼운

솜이불처럼 깔린 낙엽 아래에서는 저마다의 사연들이 지표면을 뚫고 올라오는 듯 왁자지껄한 기운이 느껴졌다. 바야흐로 이 골짜기에도 미구에 마구마구 흐드러지게 피어날 꽃들이 우뚝 일어설 준비를 하고 있는 중이겠다.

파주 심학산 정상에 오르면 마지막 깔딱 숨을 내뱉어야 하는 곳에 똑 부러지는 작살나무가 서 있다. 겨울이 깊도록 보랏빛 열매를 오종종하게 달고 있는 나무다. 한겨울 동안 내 심심한 눈빛을 받아 주고 새들의 먹이가 되어 주기도 했던 작살나무의 열매들. 이제 곧 꽃이나 잎에게 자리를 내주려는 듯 그 보랏빛 열매도 모두 졌다. 나와 나란히 독립獨立한 작살나무 앞에서 숨을 고르면 가지마다 희미하게 새잎 움트는 소리가 들리는 듯하다. 작살나무는 작살나무, 봄은 봄.

작살나무, 마편초과의 낙엽 관목.

육박나무

감나무 아래에서 입 벌리고 감 떨어지기를 기다리듯 방에서 봄을 영접하려니 영 도리가 아닌 듯해서 남해안으로 내달렸다. 우리 국토의 울타리를 지키는 경계병인 양 건장한 체격의 나무들이 도열해 있는 거제 해금강에 바로 도착했다. 작년에 보았던 백서향의 향기를 잊지 못해 다시 찾은 것이다. 땅은 아직 차렷 자세를 유지하고 있지만 작년 여름의 땡볕을 간직한 바다는 가벼운 흥분을 이기지 못하고 철썩이고 있었다.

낚시꾼들이 닦아 놓은 산길로 접어드니 우람한 육박나무가 떡 버티고 서 있다. 내가 아주 좋아하는 노각나무처럼 조각조각 껍질이 벗겨지는 나무이다. 문득 길이 끊기고 민간인의 출입을

금지한다는 경고판이 눈을 부라리는 해안 초소가 나타났다.
간밤의 경계 근무에 모두 곯아떨어졌는지 아무런 인기척도 없다.
그냥 지나치려고 했는데 도저히 그럴 수가 없었다. 오랫동안
아무도 건드리지 않은 티가 역력한 수도꼭지가 철조망 곁에 서
있지 않겠는가.

　　나는 수도꼭지를 보면 어쩐지 꼭 틀고 싶어진다. 바깥으로
나오고 싶어 하는, 스프링처럼 튀어나올 것 같은, 저 지하에서부터
올라와 마지막 한 걸음이 부족해서 웅크리고 앉아 있는 물.
딱딱하게 얼어붙은 이 계절의 추위를 풀어 줄 해방군처럼
고요하고 엄숙하게 앉아 있는 물. 모든 걸 다 안다는 듯 고개를
숙인 이 낡은 수도꼭지에는 봄을 재촉하는 그런 물이 대기하고
있는 게 아닐까. 하지만 물이 나오기에는 수도꼭지가 너무 고집
세게 보였다. 슬슬 붉은 녹도 비치기 시작한 물건이었다. 과연 물이
나올까?

　　수도꼭지는 왜 이제야 왔느냐며 투정이라도 부리듯 처음에는
잘 열리지 않았다. 하지만 한 고비를 넘더니 이내 고집을 꺾고 차고
깨끗한 물을 시원하게 내뱉었다. 우렁차게 뛰어나온 물은 바다를
찾아 쏜살같이 절벽을 타고 내려갔다. 콸, 콸, 콸.

　　어쩌면 육박나무의 뿌리도 건드리고 나왔을 그 물맛을 굳이
표현해야 할까. 짠물 가까이에서 마시는 달콤한 물을 통해 봄이
단지 나의 눈두덩이만 두드린 게 아니라 저 발뒤꿈치에까지
골고루 육박해 갔다는 건 말할 수 있다. 수피가 얼룩덜룩 군복을
닮기도 한 육박나무. 올해 예순세번째로 들이닥친 나의 봄을
육박나무 아래에서 만끽했다.

　　육박나무, 녹나무과의 상록 교목.

벚나무

경주 감포 문무대왕릉 근처 암자에서 불경 번역과 수행에
매진하던 춘명 스님이 초봄에 입적했다. 내 시골 마을의 바로
윗동네 출신으로 많은 의지가 되었던 스님. 살구나무 뿌리로
만든 목탁도 선물해 주었던 스님. 내 마음 헤아린 듯 허전하던
가지마다 꽃이 피고 잎이 돋아나더니 어느덧 스님의 사십구재
날이다. 스님과의 추억을 떠올리며 처연한 마음으로 경주 시내를
통과하는데 거리마다 벚나무가 절정이었다. 보문관광단지 근처
길가 쉼터에 차를 세우고 사월의 벚나무 아래에 섰다. 어느 해 스님
곁에서 며칠을 머물다 경주를 떠나면서 썼던 글이 떠올랐다.

  "소슬한 감은사지 삼층석탑에서 출발해 골굴사와 기림사
지나 보문단지로 들지 않고 왼편으로 꺾어지니 토함산 오르는
길이다. 석굴암에서 불국사로 내려와 시내로 들어와 분황사,
팔우정, 계림, 첨성대, 대릉원을 짚고 고속버스에 몸을 실을
때까지 가로수 벚꽃이 활활 타고 있었다. 그 벚나무 아래 혼곤히
낮잠 한방 때리는 건 고작 한나절의 일감도 안 되리라. 살아서
세상과 잠시 작별하는 것이니 한 시간 남짓이면 족하리라. 그
벚나무 가지가지마다 꽃잎 몇 장 달고 있나. 무성한 꽃잎들 다치지
않게 조심조심 헤아려보는 건 하루의 일거리는 되고도 남으리라.
무수한 꽃잎 벌어져 벚나무를 낳고 경주 거리마다 즐비하니 그
나무들 하나하나 눈 맞추며 살펴본다면 남은 생애 지루할 겨를이
없을 듯도 해라. 허나 나무보다 마른 성격의 나는 그처럼은 살
자신이 없어 고작 사흘 만에 서라벌을 떠난다. 서라벌, 그 이름을
빌려간 서울로 무턱대고 등신같이 간다. 달구벌 지나 추풍령
넘고 한밭 지난다. 한강 건너 남산 지나 인왕산 아래로 부릉부릉
목석같이 눈감고 간다."(『신인왕제색도』 중에서)

26

나무의 잎이 가지에 달렸다지만 어디 나무에게만 속하는 것일까. 꽃이 생식기관이라지만 어디 그 목적에만 소용되는 것일까. 창窓처럼 나무에 달려 크기를 조절하면서 피는 꽃들. 나무에서 떨어져 문門처럼 자유자재로 위치를 정하면서 지는 꽃들. 펄펄펄 내리는 꽃잎들 중에서 막 떨어져 내린 한 꽃잎을 쫓아가 쪼그리고 앉아 들여다본다. 지하로 통하는 창문인가. 떠나는 스님의 뒷모습도, 먼저 가신 이들의 근황도 어른거리는 듯한 벚나무 꽃잎들.

벚나무, 장미과의 낙엽 교목.

목련

정각이 가까워지면 라디오가 현재 시각을 알려 준다. 띠띠띠땡! 하지만 그렇게 말하는 순간 그 시각은 지나가고 만다. 아무리 반듯한 아나운서일지라도 결과적으로 조금 어긋난 시보時報를 하는 셈이라 할 수 있겠다. 예전 국악방송의 어느 진행자는 이런 미묘한 사태를 고려했음인지 흥겨운 음악 하나가 끝나고 나면 이런 멘트를 날리기도 했다. "지금 시간 오후 한시 십분 이쪽저쪽입니다."

점심을 해결하고 오후의 입구로 들어가다가 이런 시간의 이정표를 듣는 것이 참으로 신선했다. 어느 때부터인가 귀 기울여도 들을 수 없기에 청취자 게시판에 이런 글을 직접 올렸다. "우리가 같은 강물에는 두 번 들어갈 수 없듯이 한시 십분이라고 말하는 순간 한시 십분은 어디론가 흘러가 버립니다. 해서 이쪽저쪽이라고 하는 표현이 가장 정확하고 정직하다는 생각이 들었습니다. 이쪽저쪽, 하면 우리네 삶이 생과 사의 이쪽저쪽에 있음을 일깨우는 것 같기도 하고 또 무슨 소쩍새가 시간을 알려주는 것 같기도 하고요. 앞으로 이 참신한 표현을 더 들려주실 수는 없겠는지요? 늘 좋은 음악에 가슴이 출렁댑니다."

어느 날은 신문을 펼치는데 봄소식을 전하는 버들강아지와 목련 사진이 눈을 찔렀다. 목련 아래에는 한 대학 졸업생이 교정에서 기념사진을 찍는 광경이 희미하게 담겨 있었다. 꽃망울을 터뜨리는 목련을 보자 마음이 더 급해졌다. 서둘러 식생을 관찰하러 완도로 달려갔다.

남녘이라지만 날씨는 쌀쌀했다. 손수건만 한 햇볕을 등에 지고 하산하는 도중이었다. 산의 위력이 끝나는 곳에 기지개를 켜는 손바닥만 한 논과 그에 잇대어진 자투리 밭이 있었다. 그리고 그 끝에 잇닿은 허술한 집이 보였다. 작은 담장 너머, 그을린 굴뚝의 온기에 기댄 채 바깥을 기웃거리고 있는 나무는 목련이었다. 이 뒤셜에 왜 이 나무인가 하는 것은 우문이다. 가지 끝마다 또렷하게 오로지 꽃송이 하나씩을 내걸고 있는 목련. 입춘 지나고 우수 근처, 봄 냄새가 물씬했다. 겨울을 뚫고 나오는 이 기세를 봄이라고 콕 집어 말하면 봄이 어디론가 도망가지 않을까. 그러니 이 낮은 지붕을 슬그머니 휘어잡는 목련 아래에선 이렇게 말하는 게 좋겠다. 바야흐로 봄의 이쪽저쪽이로구나.

목련, 목련과의 낙엽 교목.

오동나무

봄의 현기증은 봄으로 달래는 게 옳겠다. 여러 봄소식 중에서도 꽃이 제일이지 않을까 싶어 경남 남해를 찾았다. 지난여름 땡볕의 열기를 간직하고 있는 바다와 직접 면한 고장들 중에서도 남해는

28

특히 따뜻하기로 이름났다. 그래서 각종 스포츠의 겨울 훈련지로 각광받는 곳이기도 하다. 어쩌면 운동선수들의 씩씩한 함성에 놀라 바삐 뛰어나온 꽃이 있을까 싶었지만, 그런 요행은 늘 비켜가기 마련이다. 망운산 중턱에 있는 노구 저수지의 뒷사면을 뒤졌지만 이렇다 할 꽃은 기미조차 없었다. 답답한 마음에 낙엽을 들추고 흙을 조금 파 보니 땅은 아직도 얼음으로 죄 딱딱했다.

허전하게 임도로 나오는데 나이 지긋한 분이 경운기를 세워 놓고 대나무를 자르고 있었다. "남해요? 좋다마다요. 물이나 땅을 파기만 하면 뭐라도 나와요. 꽃? 하이고, 아직 정월인데 아직 멀었지요." 바다에서 고기를 낚을 건 아니었고 밭에서 무언가를 기르는 데 쓰일 대나무였다. 나이테 대신 구멍이 뻥뻥 뚫린 대나무의 텅 빈 속을 보며 지나치는데 길 가까이에 또 다른 구멍이 있었다. 딱따구리의 작품인 듯, 오동나무 한 그루에 뚫린 여덟 개의 구멍이었다. 사실 오동나무를 오늘 처음 보는 건 아니었다. 산에서 가끔 보되 주로 무덤가에서 만났던 나무였다. 얼굴을 가리고도 남을 만큼 큼지막한 잎은 지하로 녹아들고 없었지만 눈알만 한 열매가 아직도 주렁주렁 달려 있었다.

오동나무 줄기에 세로로 뚫린 구멍들을 보는데 한 궁리가 주르륵 엮어졌다. 오동 한 잎 떨어지는 소리가 천하에 가을을 알린다는 말이 있는 것처럼 오동나무는 소리하고 깊은 관련이 있다. 이뿐인가. 여러 국악기의 공명판으로 안성맞춤인 오동나무이다. 노벨상을 풍자해 만든 것으로 기발한 연구나 업적에 수여하는 '이그노벨상'에 따르면 딱따구리의 머리에는 머리뼈와 부리 사이에 스펀지 같은 완충 조직이 있어, 머리로 세게 나무를 두드려도 뇌진탕에 걸리지 않는다고 한다. 덕분에 새는 구멍을 뚫으면서 경쾌한 음악을 숲에 들려줄 수 있는 것이다.

29

바람이 세게 불면 저 오동나무의 여덟 구멍에서도 희미한 피리 소리가 울려 나올 것 같았다. 죽어선 거문고나 가야금이겠고 살아선 허공을 연주하는 오동나무.

오동나무, 현삼과의 낙엽 교목.

생강나무

자동차를 버리고 임도를 버리고 봄기운에 풀린 물소리가 졸졸졸 들리는 계곡으로 접어든 채 남해 금산 한 골짜기를 헤맬 때, 퍼뜩 이런 생각이 들었다. 나의 생각이란 게 내 두개골 안에서 일어나는 게 아니라 실은 외부의 저 숲속에서 불현듯 찾아오는 게 아닐까. 얼크러진 바위들, 우두커니 서 있는 나무들, 하늘로 잇닿을 것처럼 꼬부라져 돌아가는 계곡에서 난데없는 생각들이 툭툭 뛰어나와 나를 자극하니 그런 느낌이 아니 들 도리가 없는 것이다. 그것들은 지금 이곳에 있지 않았더라면 도저히 만나지 못할 이런저런 생각들임이 분명했다.

물웅덩이에 제 그림자를 비춰 보는 나무들은 무심하고 태연하다. 가지의 겨드랑이가 무척 근질근질하겠지만 아직은 때가 아니라고 판단하는 듯하다. 골짜기에 널린 돌 사이의 어느 나무 가지에는 새의 깃털이 꽂혀 있고 상류에서 떠밀려 온 파편들이 꽂혀 있기도 하다. 비바람에 씻겨 풍화하는 작년의 흔적들. 이 고요하고 아무 일 없을 것 같은 골짜기에도 무서운 일들이 교대로 드나드는가 보다.

이른 봄이면 남녘을 수놓는 노오란 꽃잎의 삼총사가 있다. 산수유, 히어리, 그리고 생강나무. 산수유는 오는 동안 차창 밖의 밭에서 많이 보았고 히어리는 보리암으로 오르는 초입에

30

우세하였다. 나머지 하나를 찾아 두리번거리는데 멀리서 노란색이 공중으로 톡톡 번지고 있다.

틀림없는 생강나무였다. 꽃잎을 코끝에 대면 은은한 향기가 좋다. 히어리가 조롱조롱 달린 등불, 산수유가 확 퍼져 나가는 불꽃이라면, 생강나무의 꽃은 생각의 덩어리처럼 가지에 딱 붙어 묵직하게 기지개를 켠다. 가지나 잎을 문지르면 살캉살캉 생강 냄새가 흘러넘치는 생강나무.

소슬한 침묵을 짚으며 바위를 넘고, 길들여지지 않는 돌을 딛고 계곡을 오르는 동안 사무실에서는 쓰지 않던 근육을 동원하느라 많이 노곤했다. 덕분에 어느새 몸이 밀가루 반죽처럼 말랑말랑해졌다. 귀 기울이면 골짜기의 바위 아래로 흐르는 물소리가 희미하게 들렸다. 돌은 자음, 물은 모음. 둘이 완벽하게 결합하여 빈틈없이 꽉 짜인 단음절의 문장을 부지런히 아래로 실어 나르는구나! 남해 금산의 어느 편평한 돌팍에 앉아 생강나무 향을 만끽하면서 그런 부드러운 생각을 했다.

생강나무, 녹나무과의 낙엽 관목.

사스레피나무

머리에 피 마른 지 엊그제 같던 아이가 비 맞은 죽순처럼 쑥쑥 자라기 시작할 무렵, 여름휴가에 남해 금산에 가 본 적이 있다. 기도의 영험함이 유별하다는 보리암을 주마간산 격으로 둘러본 뒤 금산 정상에 올라 일망무제一望無際의 바다를 바라볼 때, 그다지 안목을 갖추지 못했음에도 눈앞의 풍경이 거대한 무대처럼 느껴지더니 이내 저 휘장 너머의 외부로 건너가고 싶다는 생각이 불쑥 튀어나왔다.

나의 나머지 일생이 그저 요만한 크기와 넓이로 굴러가겠거니 가늠되던 시절, 그 순간 만난 호쾌하고도 아련한 장면은 짧은 순간이나마 답답한 마음에 큰 구멍 하나를 뚫어 주었다. 그때 나란히 앞을 바라보던 어느 분의 한마디가 바람 소리를 비집고 쏙 들어왔다. 굳이 나를 겨냥한 말은 아니었지만 쪼잔한 가장의 심사에 궁합을 꿰맞춘 말이라서 귀에 정확히 꽂힌 셈이었다. "여행이라고 굳이 외국에 나갈 일이 아니라니까요!"

세월이 흘러 아이는 대나무처럼 훌쩍 자랐고 나는 제법 늙었다. 나의 생활 공간은 시골에서 뛰놀던 산과 들에서 학창 시절의 운동장으로, 그리고 사무실의 좁장한 책상으로 그 면적이 팍 쪼그라들었다. 지난날의 예감에서 크게 벗어나지 않은 행로 끝의 결과였다.

어느 삐거덕거리는 계단을 오르다가 비상구라도 만난 듯 오늘은 그나마 이렇게 남해 금산의 한 골짜기를 더듬는다. 그때는 관광이었지만 이번에는 관찰이다. 발밑을 두리번거리지만 날씨는 쉬 풀리지 않아 제비꽃, 양지꽃을 겨우 건졌다. 그런 와중에 큼지막한 돌들이 함부로 나뒹구는 계곡의 가장자리에서 눈을 씻겨 주는 나무가 있었다. 바닷가에 주로 사는 사스레피나무였다. 노란 생강나무 곁에서 잎만 무성한 줄로 알았더니 가지 아래 꽃들이 한창이었다.

꽃이라면 으레 자랑스럽고 떳떳하게, 나무를 대표한다는 기분으로 얼굴을 빳빳하게 들고 있는 경우가 대부분인데 어쩐지 사스레피나무의 그것은 잎겨드랑이마다 종 모양으로 아래를 향해 다닥다닥 붙어 있다. 키는 그리 크지 않지만 아주 야무진 인상의 사스레피나무. 잎은 동백처럼 두껍고, 가장자리마다 톱니가 발달했다. 손가락 끝으로 한 바퀴 휙 어루만지면 꿀꿀하던 기분까지도 확 변화시키는 사스레피나무.

사스레피나무, 차나무과의 상록 관목.

진달래

해와 달이 아름다운 건 저 멀리 떨어져 있기 때문이다. 저
알맞은 거리가 있어서 몸은 데이지 않고, 마음은 베이지 않는다.
꽃이 꽃으로 아름다운 건 땅에서 이만치 떨어져 있기 때문일
것이다. 보일락 말락 줄기나 가지 끝에 수줍게 달려 있는 봄꽃을
맞닥뜨리면 그런 실감이 든다. 수학적 모델을 이용하여 한 걸음
더 나아가 이렇게 말할 수도 있겠다. 산은 땅을 x축으로, 나를
y축으로 하는 시공간이다. 그 아득한 시공간의 x축에서 이만치,
y축에서 저만치 서로 교차하는 좌표에서 꽃은 미지수로 피어난다.
그리하여 낯선 이의 느닷없는 습격처럼 발등을 때리거나 가슴팍을
찌르기에 더욱 사무치는 아름다움이 아닐까.

"산에는 꽃 피네 / 꽃이 피네 / 갈 봄 여름 없이 꽃이 피네 //
산에 / 산에 / 피는 꽃은 / 저만치 혼자서 피어 있네." 소월의
「산유화」에서 '꽃'만큼이나 핵심적인 시어가 있으니 '저만치'라는
세 글자이다. 자연과 인간 사이에 놓인 거리의 표시일까. 꽃이 되지
못하는 몸이 느끼는 안타까움의 표현일까. 미당 서정주는 부사의
의미를 이렇게 짚기도 했다. "저 수세守勢의 난처한 아름다움."

미지수로 피어난 꽃과 저만치 피어난 꽃을 생각할 때 내게
저절로 떠오르는 건 단연 진달래이다. 우리 사는 세상의 높이와
깊이가 모두 산에서 비롯할진대 만약 그 산에 진달래가 없다면
어떻게 될까. 그건 차라리 산이 없다는 것과 같은 상태가 아닐까.
많은 다른 꽃들한테 참으로 미안한 이야기이지만 진달래는 이렇게

대접해 줄 수밖에 없을 것 같다.

그 옛날 산으로 소먹이하러 가거나 나무하러 다닐 때 참
억수로 따 먹기도 했던 진달래. 꽃 중의 꽃이기에 참꽃이라고
했던 진달래. 당장 어느 산에 가더라도 몇 발짝만에 만날 수 있는
진달래. 아니 만나려야 아니 만날 수 없는 진달래. 무심코 옛
생각에 젖어 고개 돌리면 얼른 달려와 주는 진달래. 몇 번을 만나도
싫증이 나기는커녕 외려 더욱 얼굴을 비비고 싶은 진달래.

화양연화花樣年華인 듯 늘 저만치 피어 있는 진달래 꽃잎
하나에 나의 지난 시절을 올려 두고도 싶다. 하지만 습자지처럼
쉬이 찢어지기도 하는 진달래. 그래서 조심스레 만지는 것으론
부족해 한 잎 따서 가슴에 문지르고 싶은 진달래. 그 앞을 지나칠
때면 내가 꽃을 보는 게 아니라 꽃이 나를 보고 있다는 느낌을 주는
진달래. 다시 한번 더 진달래.

진달래, 진달래과의 낙엽 관목.

올괴불나무

한 걸음에 한 문장이다. 네모난 빌딩과 사각의 유리창, 비슷한
메뉴에 닮은 얼굴들, 전망이 온통 광고뿐인 도시에서는 나만의
생각을 가지기가 쉽지 않다. 하지만 산에서는 그게 가능하다. 한
발짝 옮길 때마다 나무와 나무 사이, 그 나무들 아래에서 전혀
다른 꽃들이 나타나기 때문이다. 생각은 휘발유 같다. 기록해 두지
않으면 재빠르게 도망가 버린다. 지금 눈앞에 핀 꽃들은 작년에
떠나간 내 생각들이 귀환이라도 한 게 아닐까.

가평 명지산 한 골짜기를 훑고 내려가는 길이었다. 달아나는
생각이 그물에 붙들린 듯, 가뭇한 공중에 싱싱한 생강나무의 노란

꽃이 촘촘히 달려 있다. 지난겨울에 흩날린 진눈깨비 몇 점 아직도 남았는가, 했더니 사위질빵의 씨앗들이다. 북실북실한 털에 햇살이 반사되어 하얀 눈처럼 보였다.

사월이라고 눈이 오지 말란 법은 없다. 이 깊은 산골에는 계절도 느리게 가고 오는 법이다. 짙은 응달의 어느 구석에서는 지난겨울의 얼음이 최후의 패잔병처럼 남아 있기도 하다. 그런가 하면 공중을 비집고 나오는 찬 기운에 마음이 속을 때도 있다. 정말로 펄펄 내리는 흰 눈인가 했더니 올괴불나무의 꽃들인 것이다. 향기가 진동하여 나그네의 발길을 막아섰다는 길마가지나무와 비슷하면서도 또 다른 아취를 풍기는 꽃, 올괴불나무.

한 생각 두 생각 걸음마다 주워 가며 산길을 더욱 천천히 내려가는데 멀리 노란 꽃이 펄럭거렸다. 가까이 가서 보니 꽃이 아니라 리본이었다. 등산 팀들이 흔히 갈림길에 달아 놓는 꼬리표였다. 꼬리표의 짧은 글이 마음을 끌어당겼다. '산에 사네.' 무심코 지나치려고 했는데 그 말이 이상하게 입안에 자꾸 맴돌았다. 생강나무 꽃과 색상을 맞춘 듯한 노란 천의 네 글자, '산에 사네.'

'산'이라는 명사와 '산다'라는 동사가 이렇게 시옷으로 연결되어 딱 어울리는 조합일 줄이야 예전에는 미처 몰랐었다. 물소리가 졸졸졸 흐르는 것을 보면서 돌은 자음, 물은 모음이라고 생각해 본 적이 있는데 이에 못지않게 서로 잘 호응하는 문장이 아닐 수 없겠다. 빨랫줄에 천사들의 속눈썹이 떨어져 걸린 듯한 올괴불나무 앞을 지나치며 자꾸자꾸 중얼거려 보았다. 산에 사네, 산에 사네, 산에 사네.

올괴불나무, 인동과의 낙엽 관목.

야광나무

사월의 끝자락에 강원도 홍천 도사곡리의 깊은 골짜기 끝으로
깊숙이 들어갔다. 흩어진 인가 서너 채와 조그만 밭뙈기로
이루어진 살가운 풍경. 그 한 귀퉁이에 야광나무가 하얀 꽃을
무겁도록 달고 있었다. 밭에 엎드려 어둑어둑해지도록 일하는
할머니가 있다면 휘황한 꽃을 등처럼 밝히기라도 하겠다는 갸륵한
심사인가 보다. 산에서 걸어 나와 이왕이면 이쯤에 자리를 정한
밭과 나무의 관계가 참 돈독하구나.

식물학과 졸업하고 삼십삼 년이나 지나 뒤늦게 꽃에 빠지니
눈에 보이는 게 다 식물이다. 이 뒤늦은 후회를 어찌하나.
오늘처럼 그 휘황한 야광나무를 가슴에 담고 오는 날이면
정류장에서 서성거리는 사람들도 모두 나무로 보일 때가 있다.
준분류학자parataxonomist의 어설픈 지식으로 사람을 동정同定해
보기도 한다.

암수딴몸. 두 개의 가지가 겨드랑이에서 대칭으로 나온다.
가지 끝은 다섯 갈래로 찢어진다. 짧은 모가지 위의 이목구비는 한
면에 모두 쏠려 있다. 열매 같은 얼굴의 정수리 부근에 잔뿌리가
울창하다. 처음에는 검었다가 차츰 하얗게 변하며 드물게 몽땅
빠지기도 한다. 가슴 근처가 조금 복잡하다. 가슴 아래에는
그보다 더 복잡한 영역의 사타구니가 있다. 여기로부터 몽땅하게
뿌리가 둘 뻗어 나가다가 화분에 담기듯 신발에 담긴다. 그것들은
돌아다니는 데 능숙하다. 그 무엇을 잃어버렸기에 아직도 헤매는
중일까? 산 아래쪽이나 물가에 높은 집을 짓기를 선호하며 대부분
모여서 지낸다. 발목은 잎자루처럼 잘록하다. 내부에 엽록소가
없어 광합성을 하지 못한다. 먹이를 외부에서 공급해 주어야 한다.
손바닥, 발바닥을 제외한 전신에 솜털이 빽빽하다. 웅얼웅얼 무슨

소리가 나오는 입구인 입술에도 털이 없다. 수십 년 직립하여
살다가 그 어디로 떠난다. 동물계 영장목 사람과의 포유류.

　　산에서 내려와 밤늦게 귀가하려니 아파트 벽에 붙은 포스터도
모두 울긋불긋 단풍잎처럼 보인다. 또 선거철이 돌아왔다.
어둑해지도록 일하는 이를 위해 꽃을 등불처럼 켜고 있는
야광나무를 떠올리며 몇 마디 덧붙인다. 해마다 낙엽을 만들어
산을 갱신하는 나무와 달리 우리는 오 년에 한 번 생각을 떨구어
투표한다. 세상을 바꾸는 것이다. 오늘이 그날이구나.

　　야광나무, 장미과의 낙엽 교목.

　　말오줌때
소설가 박태순(1942-2019) 선생이 이끄는 '프레시안 국토학교'에
참가한 적이 있다. 때에 맞게 제철 음식을 몸으로 들이듯 계절에
따른 우리 산하의 제철 풍경을 맞이하는 현장 수업이었다. 그때의
주제는 '해남반도와 보길도의 별천지 꽃길, 하염없는 동백나무
숲속의 산책'. 새벽에 출발하여 자욱한 안개 속을 달리다가
해남으로 접어들자 박 선생이 마이크를 잡았다. "북에서 남으로
내리닫는 산들을 보면 소위 우리들의 인생 같아요. 설악산이
사춘기의 아이라면 지리산은 중년의 신사이고 이곳 땅끝은 잘
익은 영감탱이 같지 않나요?" 선생의 문자향, 보길도의 동백 향에
흠뻑 취하고 귀경하는 길에 미황사에 잠깐 들렀다. 대웅전 앞에서
미황사를 병풍처럼 둘러싸고 있는 달마산을 우러러보면서 언젠가
저 산꼭대기에 꼭 오르겠다는 소망을 품었더랬다.

　　시간이 흘러 무술년, 봄꽃을 찾아 전라도 남녘으로 달려갔다.
개화를 기대했건만 아직도 겨울의 발톱이 날카로웠다. 몇 해

전의 그 소망을 실현했다는 후끈한 마음으로 달마산의 정상에
올랐다. 멀리 바다가 막아서는 해안선이 가물가물하더니 뒤로
돌아서면 미황사 마당을 서성거리는 사람들이 보였다. 아래에서
볼 때는 하늘과 잇닿은 뾰족한 공간일 줄 알았는데 조릿대와
사스레피나무가 무성한 작은 평전이 있어 넉넉한 산꼭대기였다.

미황사로 하산하는 벼랑길, 이렇다 할 꽃이 없는 적막 속에서
꽃 대신 소위 우리들의 인생이라는 현상에 대해 생각해 보기로
했다. 그때 들은 박 선생의 말씀마따나 사춘기 아이에서 중년의
신사 그리고 어느덧 영감탱이로 근접하는 게 보통의 차곡차곡
인생이다. 조릿대, 사스레피나무만으로는 허전했던 참인데
꽃동무가 앙상한 줄기를 가리켰다. 여기 말오줌때가 많군요.
말오줌때는 시쳇말로 이름이 좀 거시기하고 가지를 꺾으면 고약한
냄새가 진동하는 나무이다.

봄의 잎, 여름의 꽃보다는 가을의 열매가 무척 인상적인 나무.
까만 씨앗을 톡톡 내뱉는 열매의 껍질이 꼭 어릴 적 축구공으로
가지고 놀았던 돼지 오줌보를 연상케 하는 말오줌때. 올해의 잎,
꽃, 열매를 착착 준비하는 말오줌때 옆을 지날 때 아이, 중년,
영감으로 이어지는 누군가의 일생도 휙, 지나가는 것 같았다.

말오줌때, 고추나무과의 낙엽 관목.

대팻집나무

어린 시절, 시골에서의 제삿날. 어머니는 제수음식과 더불어
어김없이 고구마전과 무전을 했다. 음복과 동시에 평소 구경하기
힘든 별미의 음식은 이내 떨어지고, 마지막으로 남는 건 저 두
종류의 전이었다. 단것이라면 군침을 흘리며 탐했던 탓이기도

했지만, 달달한 고구마전은 아이들 차지였다. 어른들은 이렇게 밍밍하고 아무 맛없는 무전을 왜 좋아할까? 그런 생각도 했던 것 같다.

지금 내 앞에 고구마전과 무전이 있다면 나는 서슴지 않고 무전을 집을 것이다. 어느새 무미無味의 맛을 즐기게 된 것이다. 그것은 이내 나물의 쓴맛을 좋아하게 되는 단계에까지 이르게 되었다. 나이가 가져다 주는 변화인가. 쓴맛이 좋아지고 나서부터 봄에 대해 매해 다르게 보려고 한다. 봄이라는 글자를 골똘히 보기도 한다. 무덤의 상석 같은 'ㅁ'에 사다리 같은 'ㅂ'. 그 사이를 연약한 풀 한 포기가 연결해 주는 한 글자가 아닌가.

낮의 길이가 밤의 그것을 추월하는 춘분인 그제 눈이 왔다. 그 지독했던 추위도 이제 끝났다고 성급하게 짐작했던 사람들의 정수리에 일침을 놓은 셈이다. 그리 놀랄 일은 아니었다. 몇 해 전에는 여름의 입구인 사월 말에도 눈이 왔었다.

그때 나는 전북 순창의 회문산 능선을 걷고 있었다. 꽃샘추위 속에서 얼음을 잔뜩 달고 있는 대팻집나무를 만났다. 대패의 자루인 대팻집을 만드는 데 쓰이는 나무라는 뜻에서 그 이름을 얻은 나무이다. 대팻집나무는 모든 나무들이 나이테를 몸 안에 품듯 해마다 자란 표시를 가지 끝에 스스로 기록해 둔다. 이 나무의 특징인 이른바 단지短枝라는 것이다. 단지는 나무의 치밀한 비밀이 바로 여기에 숨어 있는 것 아닌가 하는 생각이 들 만큼 야무지게 생겼다.

대팻집나무를 다시 가만히 본다. 대패는 시골에서의 어린 시절로 연결되는 정거장이기에 대팻집나무 앞에 서면 그냥 지나칠 수가 없게 된다. 가지마다 엄지손가락처럼 단지를 치켜세우고 있는 대팻집나무. 그 둘레마다 돌반지, 결혼반지처럼 작은 홈들이

차곡차곡 끼워져 있다. 그것은 혹은 꼬부라지고, 혹은 비뚜름하고,
혹은 엇비슷하게, 가지를 딛고 그 어디로 나아가는 듯하다.
경복궁의 날렵한 처마 끝을 걷고 있는 잡상雜像들 같기도 하다.

요즘 날씨는 도무지 종잡을 수가 없다. 입춘 지나고 우수,
경칩도 지난 춘분에 눈이라니. 그래도 눈은 폭설만 아니라면
언제나 푸근하고 좋다. 너무 늦은 지각생처럼 점심 때 솔솔 내리던
눈은 저녁이 되기도 전에 홀연히 사라졌다. 올해의 마지막일
이 뜻밖의 눈을 떠나보내면서, 낭창낭창 공중 난간을 밟으며
가고 있는 대팻집나무의 단지들을 따라 나도 그 어디론가 가고
싶어졌다.

대팻집나무, 감탕나무과의 낙엽 교목.

개나리

네모난 유리 식탁에서 세 가지 반찬의 아침을 먹는다. 보리를
섞은 쌀밥, 된장을 푼 쑥국에 깍두기, 머위나물 그리고 고등어 한
토막이다. 보름달 같은 접시에 골고루 담긴 것들의 이름을 전혀
모르고 먹는다면, 숟가락이 국물 맛을 모르듯 혀가 제대로 맛을
알겠는가. 매일 반복되는 이 행위를 거룩한 식사食事라고 할 수
있을까. 그저 젓가락 왕복 운동과 어금니 저작 운동이 연속되는
행동行動에 불과하지 않을까.

한식寒食을 맞아 고향으로 가는 길이다. 통영대전고속도로를
달리다가 무주에서 내려 국도로 접어드니 아연 느낌이 달라진다.
벚나무 가로수가 내 속도에 맞추어 피어나는 건 아닐 테지만
구천동 지나 덕유산 빼재터널을 지나면서 거창으로 가까워질수록
꽃들이 더 풍성해지는 것 같다. 아예 꽃터널인 곳도 있다. "벚꽃

구경하겠다고 여의도 갈 게 아니네요! ” 큰형수가 한마디 던지는데
벌써 아늑한 고향인 오무마을이다. 농번기가 아직 본격적으로
시작되기 전이라 조금 여유가 느껴지는 시골 내음을 흠씬
들이마셨다. 이 고장의 특산품인 사과 향도 조금 섞인 듯 달콤한
벚나무 꽃공기!

비 부슬부슬 내릴 때의 산소는 그 어딘가로 연결되는
장소이다. 무덤은 야생화와 곤충 들에게도 명당이다. 그늘 하나
없고 통풍과 배수가 잘된다. 둘러보니 양지꽃, 민들레가 잔디
사이에 숨어 있다. 더 두리번거려 보지만 아쉽게도 할미꽃은 없다.
그간 잘 계셨나요? 어머니가 보내신 고들빼기, 뽀리뱅이가 무덤에
납작하게 붙어 있다. 아버지가 따라 주시는 첨잔일까. 음복하는
제주祭酒에 빗물이 섞인다. 두 해 전 꽂아 둔 개나리가 이제는
뿌리를 잘 내려 대가족으로 번졌다. 눈으로 왕창 들어오는 노란
개나리.

이웃 동네인 외가로 가는 길, 폐교된 지 오래인 허전한 공터에
잠깐 차를 세웠다. 부산으로 전학 가기 전 삼학년까지 다닌
곳이다. 우람했던 플라타너스는 그루터기만 남았다. 운동장에서
반짝거리던 모래들은 힘을 잃었다. 애기똥풀, 뚝새풀, 고깔제비꽃.
옛 생각이 꼬리에 꼬리를 물고 일어나는 가운데 때맞춰 운전수만
탄 완행버스가 지나갔다. 돌담 바깥으로 축축 늘어진 채 겨우
발등 높이의 풀들이 저희들끼리 심심하게 놀고 있다. 예전엔 그저
잡초라고만 여기고 뭉뚱그려 함부로 대했는데 하나하나 제 이름을
불러 주니 나도 이 자연의 가족들에게 작은 도리를 다한다는
느낌이 든다.

학교는 없어져도 이름은 남는다. 완대초등학교. 내 그간
졸업한 도시의 중학교, 고등학교 그리고 대학교보다도 언제나

나에겐 가장 큰 학교이다. 돌담 바깥으로 축축 늘어진 채 씽씽 지나가는 텅 빈 버스를 물끄러미 바라보는 개나리, 개나리, 노오란 개나리.

개나리, 물푸레나무과의 낙엽 관목.

복사나무

중학교 교과서에서 접했던 조각품을 육안으로 볼 기회를 놓칠 수 없어 예술의전당 「알베르토 자코메티」전을 찾았다. 흐린 날씨와 그늘을 사랑했다는 자코메티. 그의 조각상을 보는데 '쪼대' 생각이 났다. 쪼대는 내가 초등학교 시절 조몰락거렸던 검붉은 찰흙을 뜻하는 고향 사투리다. 시골 뒷동산 진달래 덤불 근처에서 파낸 쪼대로 어설프게 만들었던 조각처럼, 자코메티의 두상은 아주 거칠고 투박했다.

드디어 전시장의 마지막 코너인 명상의 집. 그 유명한 〈걸어가는 사람〉이 부지런히 어디론가 걸어가고 있다. 하지만, 아쉬워라, 사람의 존재란 몸은 물론이요 그 몸에서 뻗어 나오는 그림자까지 포함하는 것일진대, 달랑 나뭇가지처럼 앙상한 조각만을 중앙에 전시해 두고 있지 않은가. 전시장 천장의 조명등이 만드는 〈걸어가는 사람〉의 그림자는 전시장의 바닥에 아무렇게나 방치된 채 관람객의 무정한 발길에 짓밟히고 있었다.

도떼기시장 같은 전시장을 빠져나와 집결 장소인 송파역으로 이동했다. 동북아생물다양성연구소가 이끄는 식물 탐사대의 무술년 첫 산행이 있는 날이다. 오후 두시가 되자, 일행을 태운 버스가 산청의 동의보감촌을 향해 부릉부릉 빠르게 걷기 시작했다.

허준의 발자취가 묻어 있는 필봉산과 왕산을 오르는 길이다. 오가는 것으로 가득 찬 산중에서 자코메티의 전시 팸플릿에서 본 문장이 자꾸 떠올랐다. "인생에서 그 부질없는 것들을 걷어내고 그냥, 무작정 걸어가는 사람이 되고 싶습니다." 눈에 보이는 대로 실제 크기를 포기하지 않았던 자코메티는 큰 작품을 만들려고 높이를 키우다 가늘고 긴 자신만의 형상을 탄생시켰다고 한다. 그 압도적인 이미지가 산청의 산까지 길게 걸어왔다. 물오른 국수나무 가지에서, 말라비틀어진 진달래의 열매 껍질에서, 대팻집나무 가지 위에 나란히 도열한 단지에서 '걸어가는 사람'의 형상은 얼마든지 찾아낼 수 있었다. 이제 막 나무에서 걸어 나온 사람들, 부질없는 것을 걷어낸 식물성의 눈빛들!

산속에는 벌써 따스한 기운이 물씬하다. 유의태 약수터 아래에서 많은 꽃들을 만났다. 그중에서도 활짝 꽃을 피운 복사나무가 눈을 때린다. 개울물가에서 보아야 제격인 나무이다. 이백李白의 시「산중문답山中問答」의 한 대목, "복사꽃 물에 떠 아득히 흘러가네桃花流水杳然去." 그 그윽한 풍경을 선뜻 데리고 오는 복사나무. 그러나 지금은 흘러가는 물 옆에서 잠시 걸음을 멈추고 그림자와 함께 쉬고 있는 복사나무.

복사나무, 장미과의 낙엽 관목.

바위말발도리
마음의 카메라로 힘껏 찍어 보지만 시간의 강물이 어느 서랍에 처박을지 모를 그 허망한 기억을 어떻게 믿을 수 있을까. 그럼에도 야생화에 입문하고 천마산에서 처음 본 꽃들은 아직도 기억에 생생하다. 그때의 공책을 뒤적이면 다소 생소한 이름과 함께 이런

43

간략한 메모가 있다. "좁은 바위틈, 그 깊고 컴컴한 허방을 짚고 자라는 매화말발도리." 기특했다.

적어도 꽃이름 백 개는 중얼거리자고 시작한 꽃산행이었지만, 그것으로 끝낼 수는 없었다. 높든 낮든 산행을 끝내고 골짜기를 빠져나오면 어제와는 조금 다른 사람이 되었다는 기분에 젖어 들기도 했다. 비록 하루 만의 일이지만 산이 배출한 졸업생이라는 자부심은 또 한 주를 견딜 수 있는 힘이 되었다. 좋았다.

매화말발도리는 주로 바위를 딛고 살아간다. 바위는 햇빛은 쉽게 섭취하겠지만 비는 저축할 겨를도 없이 흘러가 버리는 장소이다. 왜 이 나무는 이런 불리한 곳에 거처를 정한 것일까. 나무는 바위에 초라하게 빌붙기는커녕 아예 바위를 쪼개기도 하면서 악착같이 자란다. 그 기세에 자주 눈길이 가다가 매화말발도리와 비교되는 바위말발도리가 있다는 것을 알게 되었다. 둘은 아주 비슷하지만 가지 끝에 결정적 차이가 있다고 했다. 궁금했다.

몸에 뼈 있듯 산에는 바위 있다. 웬만한 바위는 한두 그루의 매화말발도리를 품고 있었다. 바위 앞으로 갈 때마다 바위에 걸맞는 바위말발도리가 간절해졌다. 마침내 기회가 왔다. 바위말발도리를 비교적 쉽게 볼 수 있다는 연천의 고대산으로 가는 길. 제2등산로를 오르자 엉거주춤 그러나 아주 편하게 앉아서 이제 오느냐며 반겨 주는 바위가 있다. 그 바위가 거느리고 있는 깨끗하게 흰 꽃을 보는데 감이 왔다. 맛있는 알사탕을 성급히 깨물지 않고 천천히 녹이며 빨아 먹겠다는 심정으로 바위로 접근하여, 바위에 이끼처럼 착 달라붙어 꽃을 관찰했다. 과연!

매화말발도리는 작년의 묵은 가지, 바위말발도리는 올해의 새 가지에 꽃을 내놓는다. 새것은 새로워서 좋고 묵은 건 묵어서 더욱

44

좋다. 일견 사소해 보이지만 둘을 구별하는 결정적이고 우주적인
차이이다. 얼마나 보기를 열망했던 꽃이더냐. 바위말발도리의
가지에 달려 있는 수수한 꽃 앞에서 나는 그만, 까무러쳤다.

바위말발도리, 수국과의 낙엽 관목.

수양버들

서울 강서구의 서울식물원은 그 규모가 엄청나다. 무릇 아니
그런 데가 어디 있겠냐만, 이곳도 시설은 사람들이 전적으로
만들었으나 그 운영권의 절반은 하늘이 소유하고 있다. 임시
개장을 했지만 야외에 서 있는 나무들은 아직 봄이 무르익기를
기다리는 중이었다. 하늘에서 보면 거대한 꽃잎 모양을 하고
있다는 온실로 발길을 돌려 열대관과 지중해관을 둘러보았다.
"바오바브나무는 이천 년 이상 생육이 가능한 식물이다.
옛 아프리카 원주민들은 원통이 크고 중간이 비어 있는
바오바브나무를 무덤으로도 사용했다."

『어린왕자』에 등장하는 바오바브나무를 설명하는 안내판의
한 구절을 인상적으로 마음에 담았다. 그리고 바로 이웃하여
자리한 겸재정선미술관으로 향했다. 겸재의 그림은 이른바
진경산수의 경지를 체득한 작품이다. 멀리 있는 풍경을 담은
겸재의 그림 속에서 나무 한 그루를 알아보기는 어렵기에 그림 속
나무는 마음으로 짐작해야 한다. 그래도 잘생긴 조선의 소나무는
쉽게 알아볼 수 있다. 간혹 훤칠하게 늘어진 버드나무도 눈에
들어온다.

흡족한 기분으로 미술관을 나서자, 들어갈 때 못 본 나무들이
눈으로 들어온다. 그림과 짝을 맞춘듯 뜰 앞에 우뚝 선 건 소나무와

버드나무다. 버드나무는 종류가 제법 많다. 오늘 겸재의 그림 속에 있던 것은 수양버들이다. 줄기 끝의 허공에 별도로 뿌리가 있는 듯 아래로 능청능청 처지면서 울타리 역할도 하는 나무다.

겸재의 걸작인〈인왕제색도〉를 떠올리며 소나무 옆 '겸재정선공덕비'를 읽는데 이런 글귀가 있다. "그 화풍이 너무도 파격적이어서 조선 산수화가 선생으로부터 개벽이 시작되었다. (…) 선생이 쓰고 버린 몽당붓을 묻으면 무덤을 이룰 지경이라고 한 말 '매필성총埋筆成塚'에서 그 사실을 분명히 확인할 수 있다."

오늘 내가 방문한 두 장소, 식물원과 미술관을 연결시켜 주는 건 나무와 무덤이다. 소나무 옆에 마침표처럼 찍혀 있는 무덤에 오늘은 더욱 마음이 쏠린다. 봉분이야 전적으로 사람들이 만들겠지만 무덤을 앉히고 이를 실질적으로 건사하는 건 하늘이겠다. 하늘의 운명을 피할 자 어디 있으랴. 누구나 구름 밑을 쏘다니다가 결국 무덤으로 마무리되겠군. 한 폭의 그림처럼 수양버들과 어울린 겸재정선미술관을 뒤돌아보는데 얼핏 그런 생각이 드는 것이었다.

수양버들, 버드나무과의 낙엽 교목.

천선과나무

우리가 사는 지구를 '물의 행성'이라고 한다. 물의 영역이 넓은 것은 사실이지만 나무의 영역도 매우 넓다. 내가 생활하는 곳은 나무의 장소라고 해도 과언이 아닐 것이다. 내가 담긴 장소에서 조금만 주의 깊게 사방을 둘러본다면 이 세상이 나무들에게 깊이 의지하고 있다는 것을 알 수 있다.

거제도 앞바다에 가까이 떠 있는 두 개의 섬이 있다. 이름은 외도(바깥섬)와 내도(안섬). 그중에서 자연미가 더 물씬한 내도에 가는 길이다. 원시림을 방불케 하는 내도의 나무들 중에서 특히 보고 싶은 게 있었다. 귀신을 쫓는다 하여 산소 주위에 심거나 관棺 속에 넣는다는 붓순나무였다. 부산의 유엔기념공원에서 식재된 것을 만나긴 했지만 산에서 자생하는 나무는 본 적이 없었다.

배에서 내려 잘 조성된 길을 따라 급격한 비탈을 오르자, 색다른 풍경이 펼쳐졌다. 아름드리 동백나무가 호위하고, 대나무가 병풍처럼 둘러쳐진 지형이었다. 눈물처럼 후드득 지는 동백꽃으로 장식을 하고 속기俗氣를 없앤 그곳엔 무덤이 있었다. 지금까지 내가 본 것 중에서 가장 아름답다 말해도 좋을 무덤이었다.

작은 섬에서 만난 죽음에 압도된 탓일까. 섬 한 바퀴를 다 돌아도 붓순나무를 찾을 수 없었다. 죽음은 살아 있는 것보다 언제나 그 영토가 넓다. 다시 도착한 선착장 부근의 어느 지점. 한 발 삐끗하면 바다로 미끄러지고, 이내 그 어떤 너머로 통하게 되는 곳에서 열매가 주렁주렁 달린 나무를 만났다. 상록수가 우점優占한 가운데 잎은 지고 열매가 돋보이는 천선과天仙果나무였다. 하늘의 선녀들이 따 먹는 과일이라 하여 그 이름을 얻었다는 나무. 열매를 따서 손바닥에 놓으면 간지럽도록 작다. 표면에 파르스름한 핏줄이 도는 듯한 열매 하나를 입에 넣어 본다.

천선과나무, 뽕나무과의 낙엽 관목.

여름, 산문

경자년에 완도 식물 조사단의 일원으로 참가했다. 이박 삼일간의
빡빡한 일정을 소화했다. 마지막 날, 서울로 오는 일정을 고려해서
오전에 잠깐 해안가를 둘러보고 완도 터미널 근처 식당에서
점심을 먹고 마무리하기로 했다. 열두시에 철수해서 약속 장소에
모였다. 백반을 얼른 먹고 일행보다 먼저 식당을 나섰다. 짧게나마
완도의 물정이 물씬한 터미널의 풍경에 섞이고 싶었다.

　일요일의 나른한 분위기가 지배하는 터미널. 빈 택시가
도열해 있고 차 안에서는 지긋한 연세의 기사분들이 낮잠에 빠져
있거나 열심히 휴대폰을 만지작거리고 있었다. 그중 한 분은
독서 삼매경에 빠져 있기도 했다. 저 긴 줄이 언제 다 없어지나.
고속버스가 도착하면 행여나 찾아 줄 손님을 기다리며 택시들도
차부에서 지쳐 가고 있었다.

　나른하기는 터미널 안도 마찬가지였다. 김, 미역, 다시마 등
건어물 일체를 판다는 완도 특산물 가게와 간단한 간식거리를
파는 분식점, 그리고 편의점. 한산한 가게마다 먼지가 쌓여 가고
간이 의자에서는 연세 지긋한 분들이 드러눕거나 아예 자거나
삼삼오오 모여서 이야기꽃을 피우기도 했다. 학생들 몇몇이 가게
앞을 기웃거리며 몰려다니고 있었다. 벽에 달린 텔레비전에서는
지나간 축구 경기를 재방송 중이었다. 아나운서와 해설가는
여전히 핏대를 올리며 소리를 지르는데 귀 기울이는 이는 아무도
없었다.

　먼 길을 떠날 채비를 하느라 잠시 화장실에 들렀다가 다시
터미널 안으로 들어오는데 조금 묘한 기분이 들었다. 이는 건물이

풍기는 분위기와 냄새, 공기와도 연결된 것이었다. 실내는 조금 어두침침하고 미끌미끌하기도 한 것 같은 묘한 느낌으로 가득 차 있었다. 식당이나 극장 혹은 시장이나 여관과는 사뭇 다른 느낌이었다.

혹 그간 대합실을 이용한 승객들이 버리고 간 것들이 모이고 모여 풍기게 된 느낌 아니었을까. 오고 가는 사람들이 흘리고 간 약속의 찌꺼기, 불발된 만남의 후유증, 낯선 여행지에 도착한 관광객들이 토해 놓은 설렘, 오랜만에 귀향한 자식들이 남긴 그리움과 회한, 어쩌다 이곳을 통과하는 여행객들의 막막함과 망설임, 도시를 탈출해 완도까지 흘러든 어느 가여운 인생이 떨어뜨린 한숨과 절망.

조금 눅눅한 분위기와 습기 찬 공기가 지휘하는 듯한 공중, 먼지가 들러붙은 바닥을 일견하자니 이런 생각이 들기도 했다. 우리 주위에는 참 많은 건물들이 난립해 있다. 이들도 각자의 고유한 일생이 다 있어 생로병사를 겪을 것이니 혹 그들이 세상을 뜬 뒤 저승의 어느 구역에서 모인다고 치자. 그럴 때 가장 많은 사연을 간직해서 가장 풍부한 이야기를 하는 건물은 바로 터미널일지도 모른다.

그런 생각을 하자니 새삼스러운 기분이 들었다. 축구장에서 중계 카메라가 열심히 축구공을 쫓아가듯 나도 마음의 카메라를 꺼내 터미널 안을 살펴 나갈 때 내 눈에 포착되는 것이 있었으니 그것은 흰 비닐 끈에 묶여 개찰구의 작은 책상에 기대어 앉아 있는 수박, 수박이었다!

수박. 완도읍 근처 어느 골에서 자라 완도 시장에 나왔다가 더 좁은 골짜기의 시골 마을로 들어가는 수박을 보니 마음이 그만 흥건해졌다. 내 어린 시절을 돌이키면 수박은 어쩌다 제사라도 지내야 겨우 한 조각 얻어먹는 과일이었다. 붉은 과육은 물론 껍질이 파이도록 흰 부분까지 박박 긁어 먹는 별미였다. 이빨 자국이 선명한 남은 부분도 아까워 그 껍질을 모아 씻어서 나물로도 해 먹었던 수박. 요즘이야 무겁고 쓰레기 많이 나온다고 구박도 받는다지만 여전히 여름을 대표하는 가장 물 많은 과일이 수박이다.

저 동그란 수박을 보면서 떠오르는 사연 하나 없는 사람 몇이나 될까. 그런 사연은 정작 수박인 저에게도 마찬가지인 듯했다. 지금 텔레비전 중계 속에서 걷어 차이는 축구공처럼 어디론가 때굴때굴 굴러가고 싶다는 듯, 저도 얼른 버스를 타고 어디론가 떠나고 싶은 표정으로 수박은 의젓하게 앉아 있는 것이었다.

느닷없이 만난 수박으로 시작해 그 옛날 시골에서 지내던 제사로까지 생각이 이르자 이제까지 밋밋하던 완도 터미널이 뜻밖의 흥미로운 공간으로 변하고 말았다. 수박 하나를 중심으로 터미널 안이 새롭게 재편되는 것 같기도 했다. 이 수박의 주인은 누구일지 궁금해졌다. 혹 그이는 오늘 제사 상차림을 위해 수박을 데리고 가는 건 아닐까.

이리저리 터미널을 둘러보며 사진도 몇 방 찍었다. 이윽고 완행버스가 차부에 들어섰다. 전남 78바4503. 신완도교통. 버스 이마에 달린 표지판을 보니 완도에서 출발한 뒤 서부를 거쳐 남창까지 가는 군내 버스였다. 이윽고 지루하게 기다리던 사람들이 반짝이는 얼굴로 줄지어 버스에 올랐다. 나에게 많은 것을 일깨워 준 고마운 수박은 어느 아주머니의 손에 들려 버스를 타고 터미널을 떠났다.

그 수박, 굳이 제사상에 안 올라도 된다. 요즘은 먹고 마시는 것이 넘쳐나는 시대이니 그리되지 않을 공산이 사실 더 클 것이다. 그래도 그 수박, 나에게 벌건 속을 보여주진 않았지만, 그 달콤한 속살이 내 입으로 한 조각도 들어오지 않았지만, 끈적한 수박물이 손에 닿지도 않고 쥐똥 같은 수박씨가 손등을 때리지도 않았지만, 내게 그 어느 과일보다도 시원한 맛을 던져 주고 떠나갔다.

기상특보에 따르면, 이틀 후 올해 처음 장맛비가 오고 잇달아 태풍이 상륙한다는 전라남도 남부 해안. 하늘이 잔뜩 찌푸려 곧 비라도 흠뻑 올 것 같은 날씨.

나의, 나의『논어』

최근『논어』에 대해 생각해 볼 수 있는 기회를 가지게 되었다. 나이 육십의 반고비를 힘겹게 넘는 동안, 인생의 깔딱고개에 마련된 쉼터처럼 우연히 주어진 만남이었다. 몇 달에 걸쳐 집중적으로 이루어진 그 만남을 시간 순서에 따라 엮어 보기로 한다.

젊은 학인들과의 공부 모임에 어줍잖게 한자리를 차지하고 보니 내가 제일 연장자였다. 돌이켜 보면 전공과의 불화를 톡톡히 겪은 이래로 그 무엇에 몰두한 적이 없었다. 그저 적당히 심심한 시간이나마 대충 모면하고 감당하면서 살아왔다고 스스로 생각하는 편이다. 책 앞에서, 술잔 앞에서, 그리고 이제는 눈을 반짝거리는 젊은 친구들 앞에서 나이 탓을 여러 번 하기도 했다. 후회를 하기엔 지나온 구비가 너무 멀어져 버렸다.

　　『논어』는 그 공부 모임에서 처음으로 읽은 책이었다. 이제껏 『논어』를 손에 잡은 적은 여러 번이지만 제대로 통독한 적은 없었다. 그저 발췌독이나 하는 수준이었다.『논어』는 독서讀書하되 독서獨書할 글이 결코 아니었다는 걸 함께 읽으면서 깨달았다. 고전을 제대로 전공한 임자들을 만나 지도를 받으면서『논어』의 일단을 맛보았다.

　　그때『논어』를 공부할 겸 붓으로 써 보았다. 생전에 인류의 고전을 내 손으로 직접 한번 써 본다는 건 좋은 경험이라는 생각이 들었다.『논어』의 첫 글자인 '學'만 하더라도, 공자의 뒤를 따라 같은 한자를 공통으로 이용하는 셈이다. 옛 성현들과 더불어 하나의 한자로 묶인다는 것에 황송한 감정마저 들었다면 너무

지나친 비약일까. 고등학교 수학 시간에 그래프 그려 가며 미적분
풀 때 썼던 누런 스프링 연습장을 활용했다. 책과 노트를 교대로
보아야 해서 필사할 때마다 시력이 나빠 애를 먹었다. 진즉에
공부해 둘 걸, 노안老眼이 온 지금이 되어서야 뒤늦은 후회가
들었다.

전남 해남읍의 천일식당은 남도 여행을 갈 때마다 꼭 한번
떠오르는 식당이다. 이십여 년 전 궁리출판을 세상에 세우고
편집위원 및 편집부 직원 들과 처음으로 수련회를 갔을 때 들른
적이 있었다. 그때 제대로 된 남도 정식에 반해 그 근처를 지나칠
때면 생각나는 것이다.
　꽃산행에 빠져든 이후, 강원도는 물론 남쪽 해안을
돌아다니는 경우가 많아졌다. 진도와 완도는 두 해에 걸쳐 섬
전체의 식생을 조사하는 프로젝트에 참여했다. 한 끼를 때워야
할 때마다 풍성했던 천일식당의 식탁이 떠오르기도 했다. 하지만
때를 맞추기가 쉬운 일은 아니었고 입맛만 다실 뿐이었다.
그러기를 여러 차례 하다가 어느 날 희귀 식물을 조사하러 갑자기
예정에 없던 진도 나들이를 하게 되었다. 목표했던 산소 주위에서
솔붓꽃의 자생지를 확인하고 나니 얼추 점심 직전이었다.
이동시간을 고려하니 해남 천일식당으로 가면 딱이겠다 싶었다.
　마음만 먹다가 천일식당 주차장에 차를 대니 감회가
새로웠다. 해남시장을 끼고 흐르는 개울가의 풍경, 낡은 기와집,
좁은 입구 등 노포老鋪의 분위기가 예전 기억 그대로 물씬했다.
방 하나를 잡고 들어가니 작은 쟁반에 물컵과 물 주전자를 먼저
갖다주었다. 이곳은 정식을 주문하면 주방에서 차린 밥상을
통째로 방으로 가져다준다.

밥이 오기를 기다리며 방안을 휘 둘러보았다. 파리나 모기를 잡는 채가 걸려 있고, 미닫이문에는 이 방을 거쳐 간 많은 손님들의 손때가 까맣게 묻어 있었다. 예술의 혼이 어느 지역보다 흥건한 남도 지방에서는 벽에 붙어 있는 장식품 하나조차 예사로이 볼 게 아니다. 더구나 이곳은 남도에서 이름난 정식을 제대로 차려내는 오래된 음식점이 아닌가. 그러다가 나는 나를 내려다보는 액자의 글귀에 묵묵히 시선이 꽂혔다.

　나의 선친은 한학을 공부한 분이다. 은퇴 후 집에 있는 동안 젊은 시절에 익힌 고전을 외우는 것을 큰 소일거리로 삼으셨다. 가끔 시조와 단가를 곁들이기도 했지만 주로 『천자문』 『대학』, 그리고 『논어』의 좋아하는 구절을 낭송하고는 했다. 한복을 입고 몸을 좌우로 천천히 흔들며 옛글을 읊는 선친의 낭랑한 음성을 들으며 나도 저절로 외우게 된 구절 하나가 있다.

　"행유여력이거든 즉이학문이라!" 학생의 신분이었지만 책상 앞에도 앉지 않고 딴전을 피우거나, 빈둥빈둥 게으름을 피우거나, 텔레비전에서 눈을 떼지 못하거나, 하여간 당신의 심기에서 조금 벗어나는 행동을 보이면 선친은 혀를 차거나, 딱하게 바라보면서 이 한 말씀을 던지고는 바깥으로 바람을 쐬러 나가시곤 했다. 생활에의 몸가짐을 바로 세운 후에 비로소 학생으로서 제대로 된 공부를 할 수 있을 것이란 의미였다.

　입에 군침을 삼키며 석쇠에 바싹하게 구운 불고기를 비롯한 산해진미의 남도밥상을 기다리는 나의 눈에 퍼뜩 들어온 벽의 액자에 담긴 것은 선친이 귀에 못이 박이도록 해주셨던 바로 그 글귀가 아니겠는가. "行有餘力 則以學文. 행하고도 힘이 남은 뒤에야 글을 배운다." 퍽 오고 싶었던 식당에서 뜻밖에도 『논어』와 선친의 향기를 느끼며 꽃동무들에게 조금 아는 척을 더해 뜻을

57

풀이해 가면서 나의 사연을 전했다. 그리고 각별하게 점심을
먹었다.

병신년 겨울, 촛불정국으로 심사가 어지러운 밤. 잠 이루지
못하고 늦게까지 채널을 돌리는 일이 잦아졌다. 그러다가
우연히 국회방송에서 「아버지의 집」이라는 제목의 다큐를
만났다. 오래전 케이비에스 스페셜로 제작된 것을 재방송해
주는 것이었다. 경북 봉화의 송석헌松石軒을 지키는 어느 노인의
삶을 다룬 내용이었다. 당시 나는 어머니를 떠나보낸 지 얼마
되지 않은 때였다. 『논어』는 생의 여러 단계들과 갈마들 듯
서로 엮여서 들어가는 문장의 맛이 있어 좋다. 아버지 떠나시고
어머니마저 떠나시고 그야말로 고아의 신세가 되었을 때 벽을
치며 읽은 문장은 부모님의 나이에 관한 언급이었다. "부모지년
불가부지야 일즉이희 일즉이구父母之年不可不知也 一則以喜 一則以懼."
부모님의 연세는 알지 않으면 안 된다. 한편으로는 기뻐하지만,
또 한편으로는 두려워해야 한다. 진작에 저 이중부정의 은근한
문장을 알았더라면 한번 업어라도 드릴 걸, 뒤늦은 후회가 들었다.
그래서 더욱 사무치는 마음으로 몰입해서 보게 되었다.
    다큐의 주인공은 조선의 마지막 선비로 통하면서 유교적
삶을 살아가던 권헌조權憲祖(1930-2010) 옹. 본인은 공부가 부족해
한사코 학자가 아니라고 하지만 안동, 봉화 일대의 대학 교수와
한학자들이 제자 되기를 자청하며 정기적으로 찾아와 한학을
배운다. 권 옹은 세상을 떠나기 전에 아들에게 다음과 같은 몇
마디 말을 유언처럼 남긴다. "글 배우는 게 『소학』『맹자』『중용』
『대학』『논어』…. 글을 배워 보면 전부 글이 아니라 사람 일상
생활하는 행동이라. 이 글을 배워 가지고 어떤 일을 하고 이 일을

배워서 어떤 일을 하라는 게, 부모를 잘 섬기고 어른 공경하고 친구 간에 믿음 있다, 전부 그뜻이지, 글이 딴 게 아니거든."

　　나의 보잘것없는 인생에서 처음으로『논어』를 맞이했던 건 초등학교 오학년 때였다. 당시 자유교양경시대회라고 하는 독서 운동이 있었다. 학교 대표로 부산시 경시대회에 참가하기도 했다. 그때 접한 게 김학주의『논어 이야기』였다. 그 이후 나는 가소롭게도 스스로『논어』에 대해 많이 아는 척을 하고 다녔다. 『논어』에 대한 이런저런 이야기도 듣긴 많이 들었다. 누구의 번역이 좋은가를 따져 한번 끝까지 읽겠다고 마음을 먹은 적도 여러 번이었다. 텔레비전에서 유명한 강사의 인문학『논어』 강의를 듣기도 했다. 하지만 수박 겉핥기 식의 이해에 그쳤을 뿐 제대로 된 통독의 기회를 가진 적은 없었다.

　　그러나 저 한 방이었다. 봉화를 지키는 한 촌부의 말 한마디에는 내가 이제껏 접한 그 어떤『논어』해설이나 모호한 강의보다 가슴을 확 찔러 오는 그 무엇이 있었다. 이때까지 나는『논어』의 원문을 번역하고, 그 번역을 풀이하는 데에만 마음을 빼앗겼다. 어느 출판사의 판본이 좋더라, 누구의 번역이 윗길이더라는 평가에 눈독을 들이기도 했다. 그러나 권 옹의 한마디가 이 모든 것을 소용없게 만들어 버렸다. 글이 딴 게 아니라지 않는가.『논어』는 글이 아니라 살아가는 행동이라고 하지 않는가. 공자의『논어』가 아니라 나의『논어』로 삼아야 하는 게 옳겠다.『논어』를 읽어야겠다가 아니라『논어』를 살아야겠다!

해변의 메뚜기를 기억함

강원도 양양의 여운포 해변이다. 때는 여름이라 단체로 피서객이
놀러 왔는지 바로 가까이 모래밭에서 손뼉 소리와 고함 소리,
까르르 웃음소리가 무시로 들린다. 강원도 해변이면 벌거숭이
수영객들이 우글거리는 해수욕장만 생각했는데 의외의 장소가
숨어 있다. 바다를 탐하는 희귀한 식물들이 많이 살고 있는
곳이었다.

　혓바닥이 간지러워질 만큼 여러 차례 사초과 식물과 그 이웃
들을 불러 보며 공책에 그 이름을 적었다. 모르고 지나갈 수도
있지만 이렇게 이름이라도 알아서 얼마나 다행인가. 이 넓은
들판을 수놓는 얼핏 보기에 보잘 것 없는 저 식물들이야말로 어제
저녁 밥상에 올랐던 쌀밥, 보리밥, 된장, 고추장, 시금치, 콩나물,
돼지고기 등을 가능케 한 바탕에 해당하리라.

　괜히 흔감한 기분이 들어 자세를 바짝 낮추고 아래를 보다가
큰형님처럼 서 있는 곰솔 가까이로 가는데 문득 눈이 번쩍 뜨인다.
곰솔의 뾰족한 잎을 붙들고 있는 건 메뚜기가 아닌가. 영락없이
열반에 든 포즈로 깊은 명상에 빠져들어 있었다. 메뚜기에게는
무시무시한 공포일 나의 손가락이 다가가도 미동도 하지 않았다.
너 따위쯤이야, 하는 오연한 태도가 있었다. 메뚜기는 죽은
메뚜기였다.

　잠깐 메뚜기의 삶을 상상해 보기로 한다. 이 벌판과
광장이 다 메뚜기의 놀이터였다. 그의 일생 대부분이 양양의
여운포를 무대로 엮였다. 이 습지를 건너 저 소나무 숲만 지나면
벌거숭이들이 장난치는 해수욕장. 저들은 얼마나 답답하게

살았으면 모래 한 줌 바람 하나에 마음을 저리 여는가. 주위에
소나무 향기가 가득하고, 해풍이 영양가있는 바람을 실어다
주었다. 그저 좋은 일만 있을 줄 았는데 곰솔 근처로 가면 어쩐지
불길한 기운이 감돌았다. 바람이 밀어 주는 대로 잘록한 곳으로
빠져나가려 들었다간 거미줄에 걸려든다.

바람이 불었다. 그래도 저만 하면 저 메뚜기는 다행이다.
어려서 거미줄에 붙잡히지도 않았고 개구리한테 먹히지도 않았다.
메뚜기는 한철 잘 놀다 가는 모양새다. 통통한 허벅지에 상처
하나 없이 일생을 건사했다. 하루살이가 일주일 내외를 일생으로
삼듯 봄에서 여름까지 일생을 집중해서 다 살았다. 내년은 내년의
일이다. 이렇게 근사하게 죽을 자리도 잘 보전했으니 다음 생에는
나라를 구할지도 모를 일이겠다. 살아서 저렇게 죽을 자리를
점찍어 두었다가 그곳으로 갔으니 여한도 없으리라. 그래서
그런가. 죽은 뒤태가 깔끔하다. 곰솔 하나 붙든 채 풍장風葬되고
있는 메뚜기. 태어난 곳에서 살다가 살던 곳에서 죽은 메뚜기. 멀리
동해 하늘에서 두더지처럼 공중의 이랑을 파며 비행기 한 대가
지나가고 있다. 해수욕장의 소란을 뒤로 하고 훌쩍 딴 세상으로
떠난 메뚜기를 위해 만가輓歌를 적는다.

넓다는 말로는 부족하다
광활하다고 하자

작은 몸이지만 이 자리가 나를 만들어 주었다
그래도 이 광야에서 호령할 땐 그렇게 했었다

나에게도 한 철이 있었다

두해살이 너머도 있다지만
나하고는 상관없는 일이다

하루살이도 있다는데
한해살이로 충분히 길다

티 없는 공중에도 수상한 빗금은 있다
하늘로 오르는 사다리인 줄 알았는데
죽음으로 가는 계단이었다

너무 일찍 찾아온 운명에 꽂혀
친구들이 버둥거리기도 했다.

나를 노리는 게 어디 거미뿐이었을까
용케 다 피하고
곰솔 나뭇가지 하나를 붙잡았다

도를 깨친다면
제자리에선들 못 죽을까

슬퍼할 겨를이 없도록
돌아다녔지만
아직도 가지 못한 곳이 많다

등잔 밑이 어두운 것처럼
제자리를 제대로 알기에도 생은 벅차고 짧다

여기는 내가 죽는 자리
풍장하는 중이다

뛰고 날아다닐 땐 바람에 업히기도 했다
이제 제자리를 잡고 나니
그 바람이 나를 한 겹 한 겹 떼내어 간다

이곳에서 태어나
이곳에서 놀다가
이곳에서 죽는다

매화말발도리

물소리가 하도 우렁차서 그 이름을 얻었다는 수성동水聲洞 계곡을
지나 인왕산을 오른다. 아파트를 허물고 옛 모습을 복원했다지만
조야한 현대식 공원이 내는 소리는 귓전에 닿기도 전에
사그라든다. 날이 갈수록 우리 사는 동네에서 신비는 사라진다.
모든 걸 과학의 잣대로 재단하고 여지를 없애 버린 결과다.

공원 끝에 청계천 발원지라는 작은 웅덩이가 있다. 인왕산을
등에 업고 작은 세계를 호령하던 가재나 새우는 어디로 갔을까.
지리산에 반달곰을 방사하듯 인왕산에 호랑이를 풀어놓으면
어떨까. 그런 쓸데없는 생각을 발등으로 내려보내기도
하면서 인왕산 중턱 석굴암에서 맨손 체조를 했다. 발아래서
서울특별시가 생산하는 소음이 끊임없이 올라왔다.

석굴암 마당 한편의 팥배나무 그늘에서 나무의 근황을
살피다가 하산하는 길이었다. 깔딱고개를 내려오니 약수터
의자에서 할머니로 기우는 듯한 나이의 아주머니가 혼잣말을
했다. "아이고, 웬만하면 가겠는데, 이젠 더는 못 올라가겠네."
급경사인 석굴암 가는 길이 몹시 힘들었던가 보다. 내가 자리를
뜨려는 눈치를 보이자 물끄러미 옆 계곡으로 얼굴을 돌리며
푸념했다. "작년보다 더 덥고 어제보다 더 덥네. 내일은 또 어째."
투정하듯 계곡으로 말을 던지는 것이었다.

조금 전 산에 오를 때 나는 저 계곡에서 손과 얼굴을 씻었다.
나를 씻기고 난 계곡은 또 혼자 저 아래에서 그대로 제자리를
지키고 있다. 이 세상의 넓이와 깊이는 어디에서 올까. 산의

정상에 서면 보인다. 이 세상의 무궁한 넓이는 이 산의 높이에서
비롯된다는 것을. 또한 알 수 있다. 길고 긴 골짜기를 헤매다 보면
이 세계의 깊이는 바로 이 골짜기에서 흘러 나간다는 것을.

　　새삼 인왕산의 계곡을 다시 바라보았다. 호젓한 공간에
땀과 괴로움으로 범벅이 된 두 사람과 달리 계곡에는 꽃이
풍성하게 피어 있다. 굳이 바위틈에 뿌리내리기를 좋아하는
매화말발도리이다. 흘러가는 물은 물론 지나가는 비도 바위에
오래 머물지 않는다. 그 불리한 조건을 이용하기에 그만큼의
기품이 깃들어 있는 것 같기도 하다. 나무는 작년의 가지 끝에
올해 새로 난 가지를 두세 마디 달아 놓았다. 꽃은 오로지 묵은
가지에서만 피어난다. 이 또한 신비라면 신비가 아닐까. 계곡에서
아무렇게나 나뒹구는 바위와 함께 이 세상의 한 아래를 묵묵히
담당하고 있는 견고한 나무.

　　매화말발도리, 수국과의 낙엽 관목.

　　느티나무
지독한 가뭄이다. 대지를 훅훅 볶아대는 여름의 기운이 공중의
밑바닥을 달구고 있다. 하늘이 큰 솥이라도 되어 펄펄 끓는
수증기를 가득 담고 있는 것만 같다. 몸도 마음도 흐물흐물 축
처진 상태에서도 범람하는 정보의 홍수는 여전하다. 어느 신문의
뉴스 하나가 눈길을 끌었다. 심한 가뭄으로 소양강댐의 수위가
역대 최저치에 가까워지면서 사십이 년간 물에 잠겨 있던 강원도
양구군 수몰 지역의 성황당 매차나무가 드러났다는 기사였다.
수몰 전 마을을 지켜 주던 나무의 앙상한 모습에 안타까운 마음이
든다는 양구군 공무원의 말도 실려 있었다. 기사 사진 속의 나무는

나무라는 형태만 간직했을 뿐 동정同定할 만한 단서를 지니고 있지
않았다. 물속에 잠긴 지 사십이 년 만에 다시 나타난 매차나무.
이름이 생소해서 도감을 뒤적였지만 그런 나무는 없었다.

　　양구군청에 전화를 했더니 자신들도 정확한 나무
이름은 모른다고 했다. 중학생일 때 마을을 떠난 분이 자신의
할아버지로부터 분명히 매차나무라는 이름을 들은 바가 있다고만
했다.

　　성황당나무나 정자나무는 특정한 나무의 이름이 아니다.
마을을 수호하고 쉼터가 되는 곳에 자리잡은 나무를 통칭하는
것이다. 매차나무는 아마도 그런 용도로 심은 나무를 양구
지역에서 지칭하는 이름인 것 같았다.

　　내게도 그런 나무가 있다. 내 고향인 경남 거창군 주상면
내오리 오무마을의 한복판을 지키는 큰 나무. 원래 마을 어귀에
있던 소나무가 까닭 모르게 죽은 뒤 동네 가운데에 새로 심어진
나무인데 이제는 자연스럽게 마을의 의지처로 자리잡고 있다.
어느 해 고향에 가, 나무 아래에서 나무 이름을 물었더니 재종
형님이 귀목나무 아이가, 하셨다. 괴목이요? 했더니 내 손바닥을
끌어당겨 귀, 목, 이라고 또박또박 적어 주셨다. 그 큰 덩치의
귀목나무가 형님과 나 사이에 순진하게 끼어드는 것 같았다.

　　내 고향에서의 귀목은 서울에 오면 느티가 된다. 느티나무는
서울에서 가로수로 많이 활약하고 있다. 가뭄은 하늘에서
기인하는 바이니 거창과 양구의 물 사정이 별반 다르지 않을
것이다. 강원도와 경상도의 물정이야 조금 다르다 해도 나무를
대하는 태도는 같을 것이다. 곧 고향에 가 귀목나무 아래에서 하늘
한번 우러러보아야겠다.

　　느티나무, 느릅나무과의 낙엽 교목.

67

양버즘나무

어디에서라도 주위를 둘러보면 나무 한 그루 없는 살풍경은 흔치 않은 법이다. 내가 제일이라고 믿고 까불며 돌아다녀도 그저 그늘이나 그림자만 밟을 뿐이다. 사람은 흔히 나무보다 낮은 곳의 공기로 숨을 쉬고 산다. 김 씨, 이 씨, 박 씨. 사람들 중 많은 순서로 적어 본 성씨이다. 은행, 양버즘, 느티, 왕벚, 이팝. 서울의 가로수들 중 많은 순서로 적어 본 나무의 이름이다. 나무가 많을까, 사람이 많을까. 서울이라는 동네에서 그걸 비교한다는 건 부질없는 일이겠지만 이것 하나만은 분명히 말할 수 있다. 사람이란 언젠가 그 누구도 예외 없이 나무 밑으로 들어가야 한다는 것이다.

요즘 나의 생활에 변화가 생겼다. 건강을 부쩍 챙겨야 하는 나이가 된 것이다. 수상한 시절도 한몫을 했다. 눈뜨자마자 아침 산책을 나가면서 만나는 건 고층 아파트의 시멘트 벽에 가로막혀 한쪽으로만 기형적으로 자란 메타세쿼이아다. 잘 조성된 아파트 단지 둘레길에는 양버즘나무(플라타너스)도 울창하다.

출근길은 지하철을 이용한다. 한강을 건널 땐 물도 나무도 제자리를 지키고 있는 게 보인다. 하지만 그것들은 내 마음에 담기지 못하기에 없는 것이나 다름없다. 이윽고 점심시간. 청국장 식당에서 새삼스레 나무에 눈길이 갔다. 출입문 옆 아름드리 나무는 껍질이 조각조각 벗겨지는 양버즘나무가 아닌가.

저녁이 되어 집으로 간다. 귀가하는 길에는 지각이 없다. 느긋하게 버스를 타고 광화문에서 종로를 통과했다. 한때 이 거리에 사과나무를 심자는 유행가도 있었지만 유실수는 보이지 않고 양버즘나무가 좁은 간격으로 도열해 있다. 내릴 사람은 내리고 탈 사람은 탄 버스가 붕, 종각 정거장을 출발할 때 얼굴을 가리고도 남을 만한 잎사귀 하나가 낙하했다. 뱅뱅 돌며 착지하는 그 낙엽을 근두운처럼 타고 내 마음이 곧장 날아간 곳은 시골의 초등학교였다.

아이들은 사라지고 개망초, 엉겅퀴 등이 심심하게 뒤엉켜 자라나 폐교가 된 지 이미 오래지만 내 마음속에서는 여전히 추억의 푸르른 학교다. 그 운동장에서는 우람한 양버즘나무가 우리를 굽어보고 있었다. 손오공이 아무리 용을 써도 부처님 손바닥을 벗어나지 못하듯 나 또한 시골을 떠나 부산으로, 다시 서울로, 고향에서 점점 멀어지는 쪽으로 이주해도 결국 양버즘나무 잎사귀 안을 벗어나지 못했구나. 종로5가 보령약국 지나 동대문을 돌아들 때 벼락같이 그런 생각이 들었다.

양버즘나무, 버즘나무과의 낙엽 교목.

말채나무

헐레벌떡 출근길. 꼬리에 꼬리를 무는 자동차 행렬에 짜증이 나면 이런 상상을 해 본다. 핸들에 잠깐 머리를 박았다가 고개를 들어 보니 광화문에 모든 사람들이 사라지고 없다면 어떨까. 사람의 형상이라곤 아주 오래전 이 땅을 다녀간 세종대왕과 이순신 장군의 동상밖에 없다면 말이다. 짜증이 공포로 변하는 데 일 초도 걸리지 않을 것이다.

꾸역꾸역 퇴근길. 밋밋한 행인의 뒤통수를 보고 걷다가 일천한 상상력을 한 번 더 쥐어짜 본다. 횡단보도 앞 빨간 신호등에 걸려 있는 하늘의 낮달을 보다가 시선을 내리니 길가의 가로수가 모조리 베이고 서 있는 건 눈알 굴리며 고개 숙인 간신 같은 가로등뿐이라면 어떨까. 그뿐만 아니라 멀리 남산, 북한산이 온통 벌거숭이로 변했다면 말이다. 밋밋함이 경악으로 바뀌는 데

69

찰나로도 족할 것이다.

　소란한 일들 가운데서 제정신을 지키고 살기가 참 어려운지라 이런 궁리라도 하면서 여름 땡볕을 다스리는 중, 앞서 이야기한 매차나무가 다시 눈에 밟혔다. 소양강의 말라 버린 바닥을 짚고 나타난 매차나무. 현재 우리가 살아가는 곳의 미래에 대한 모종의 불길한 징후인 것만 같아서 자꾸 그 풍경이 떠올랐던 것이다. 교목인 매차나무는 정확히 무슨 나무였을까. 매자나무, 매화나무, 차나무도 일견 생각할 수 있겠으나 이들은 모두 관목이다. 이런 궁금증을 부산의 꽃동무에게 토로했더니 믿을 만한 정보를 주었다. 그의 조언을 토대로 인터넷을 뒤졌더니 매차나무가 말채나무의 이명異名이며 빼빼목이라고도 한다는 게 아닌가. 매차와 말채. 끊겼던 물길이 이어지듯 희미하게 말의 길이 연결되는 것 같았다.

　가지가 낭창낭창해 말의 궁둥이를 때리는 채찍으로 안성맞춤이라서 그 이름을 얻었다는 말채나무. 전국의 산에 흔하고 경복궁에도 여러 그루가 있다. 우리 사는 곳에서 나무가 사라진다면 어떤 일이 벌어질까. 나무가 없는 살풍경을 우리는 감당할 수 있을까. 비쩍 말라 둥치만 남은 소양강의 매차나무를 떠올리면서 나는 지금 말채나무를 만나기 위해 궁궐의 문지방을 넘는다.

　말채나무, 층층나무과의 낙엽 교목.

　모감주나무

몇 해 전 완도의 식생 조사에 몇 번 참여했다. 초봄부터 늦가을까지 상황봉을 필두로 섬 구석구석을 훑었다. 이제

70

완도를 떠올리면 관광지나 전복을 위시한 먹거리가 아니라 완도에 자생하는 식물들의 안부가 먼저 떠오르는 단계에 이른 것이다. 한 해를 결산하면서 마지막으로 간 곳은 완도 대문리의 모감주나무 군락이었다. 찰랑찰랑 물결이 이는 바닷가 바로 곁에 천연기념물로 지정된 사백여 그루의 모감주나무가 도열해 있었다. 방파제에서 어구를 손질하고 배를 수리하는 어부들과 나무들이 한데 어울린 풍광이 장관이라서 섬을 떠나며 모퉁이를 지날 때까지 자꾸 뒤를 돌아보았다.

멀리 높은 산에 가서 보고 온 식물을 가까운 곳에서 다시 만나면 고향 사람을 서울에서 우연히 만난 것처럼 그렇게 반가울 수가 없다. 점심으로 먹은 감자탕의 여운을 즐기며 인왕산 둘레길을 혼자 산책하는데 멀리서 눈에 익은 나무가 나타났다. 그동안은 그냥 무심코 지나쳤는데 이제 보니 얼마 전 완도 바닷가에서 본 모감주나무가 아닌가. 아주 귀한 나무는 아니지만 그렇다고 흔한 나무도 아니다. 얼른 달려가 잎부터 확인했다. 열매도 열매지만 나에겐 모감주나무의 잎이 인상적이었기 때문이다. 좌우대칭을 이룬 잎은 그 자체가 다시 한번 더 잘게 갈라진다.

시간의 모퉁이를 몇 번 꺾어 돌았더니 여름이 오는 기미가 보였다. 올해 첫 매미 울음은 언제쯤 내 귓전을 두드릴까. 그늘을 골라 내디디며 인왕산을 걷는데 멀리서 활짝 핀 꽃이 눈에 들어왔다. 다른 꽃들이 지고 없는 사이에 피어난 노란 꽃 무더기라 더욱 눈길이 향했다. 작년의 열매와 올해의 꽃을 함께 달고 있는 모감주나무.

모감주나무는 꽈리 같은 열매 속에 세 개의 까만 씨를 맺는다. 씨는 아주 단단해 절에서 염주를 만드는 데 쓰인다고

한다. 검게 익어 벌어진 열매 속에 더욱 까만 씨앗이 달려
있다. 나무가 운치있게 바깥에 달아 놓은 풍경風磬 같다. 바람
불면 혹 달그락거리는 소리라도 들릴까 싶어 귀 기울이게 하는
모감주나무.

모감주나무, 무환자나무과의 낙엽 교목.

귀룽나무

하루 일과를 정리하고 송파역에서 출발해서 200여 킬로미터를
달려 경북 영주시 풍기읍에 도착했다. 풍수지리상 전국에서
환란을 피해 살기 좋은 열 군데라는 십승지十勝地 중 하나인
이곳에서의 밤을 그냥 보낼 수는 없었다. 이곳 물정에 밝은 분의
뒤를 따라 몇몇이 숙소를 빠져나와 어울렸다. 서울과는 격과
질이 다른 흡족한 포장마차에서 돼지고기 모둠을 안주로 술병
여러 개를 쓰러뜨렸다. 그 뒤끝을 호되게 치르느라 그랬나. 몇
가지 추억이 고여 있는 비로사毘盧寺와 달밭골을 오르는데 몹시
힘이 들었다. 그래도 등산로 주변에 포진한 꽃들의 응원을 받아
겨우겨우 소백산에서 가장 높은 비로봉에 올랐다. 호쾌한 능선과
삽상한 바람이 지친 몸을 씻겨 주었다.

길섶에 피어난 꽃들과 동무하면서 천동계곡으로 내려오는
길이다. 이 높은 산의 상부에 물이 콸콸 쏟아지는 옹달샘이 있다.
"자기 쓰레기는 되가져 갑시다! 생태계 보호를 위하여 과일 껍질,
비닐 등을 버리지 맙시다." 주의사항이 적힌 안내판 앞에서 휴식을
취했다. 백두대간을 종주 중이라는, 수원에서 왔다는 어느 남녀
고등학생들이 왁자지껄하게 지저귀고 있었다. 차례를 기다렸다가
물 한 모금을 먹는데 활짝 핀 꽃들이 눈썹을 때렸다. 귀룽나무였다.

숲 아래로 삿갓나물, 두루미꽃, 양지꽃, 노랑제비꽃 등의
야생화가 있었으나 옹달샘 근처에 꽃이 핀 나무는 귀룽나무가
유일했다. 귀룽나무 그늘 아래에 수종을 알 수 없는 나무로 만든
안내판이 각각의 방향으로 길을 가리키고 있다. 비로봉 2킬로미터,
초암사 9.6킬로미터, 천동 4.8킬로미터. 귀룽나무는 비교적 흔한
나무이다.

여기서 약 250킬로미터 떨어진 파주 심학산 아래 궁리출판
사무실 앞에도 귀룽나무가 묵묵히 서 있다. 그 아래를 지나면
깊은 궁리가 저절로 될 것처럼 그윽한 기품을 자랑하는 나무이다.
나무는 꽃대가 아래로 축 처져 멀리서 보면 방울방울 맺힌 물이
아래로 굴러떨어지는 듯한 형상이다.

오늘이 마침 부처님 오신 날이고 여기는 소백산 옹달샘이다.
귀룽나무 옹달샘이라고 새로 작명하면 물맛이 더 나아질 것
같기도 하다. 지하의 물길에는 나무뿌리가 길게 드리워져 있을
것이다. 귀룽나무 뿌리를 거쳐 나온 물맛? 그게 궁금하다면
귀룽나무 꽃이 지기 전에 소백산 천동계곡으로 가서 땀을 한
바가지 흘리시도록!

귀룽나무, 장미과의 낙엽 교목.

물참대

공중을 날던 새가 나뭇가지에 잠시 앉아 숨을 고르듯 산을 오르던
등산객들도 아늑한 공터를 만나면 잠깐 쉰다. 무겁고 무거운
엉덩이를 바위에 내려놓으면 누가 그 무게를 얼른 가져간다. 산
아래에서는 왜 이런 모습을 숨기고 살았을까. 배낭에서 물이나
간식만 꺼내 놓는 게 아니다. 모두들 얼굴에서 선한 표정도 함께

꺼내 놓는다. 그러다가 누군가 던지는 농담 한마디에 한바탕 왁자하게 웃기도 한다.

제법 오래전, 가만히 저 새소리 좀 들어 보라며 말을 꺼낸 사람이 있었다. '홀딱벗구'라는 뻐꾸기의 소리라면서. 그 농담 이후 그 새소리가 정말 홀! 딱! 벗! 구!라는 소리에 정확하게 끼워져 들리는 게 아닌가. 참으로 마음대로 할 수 있는 게 사람의 마음이요, 귀다.

오늘도 어디선가 새 울음이 들리고 있었다. 소리의 방향을 찾다가 때죽나무 가지에 앉아 있는 검은등뻐꾸기를 겨우 발견했다. 허공을 나는 새는 비행에 최적화하는 방향으로 진화해 왔다고 한다. 체공 시간이 늘도록 몸을 가볍게 하기 위해 새는 이빨도 없고 뼛속까지도 텅 비어 있다. 허공을 날기 위해 몸속 곳곳에 허공을 아로새긴 것이다.

하늘에 닿을 듯한 정상에 오르면 구름을 만질 수 있을 것 같더니 어느새 창공은 또 저만큼 달아난다. 괜히 시비 걸어 보았자 나의 초라한 키만 확인될 뿐이다. 격이 다른 바람이 몰려오는 태백산 정상, 멀리 굽이치는 산들을 건반처럼 두드리고 오는 바람의 맛이 칼칼하다.

몸을 텅 비우고 내려오는 길이다. 반재를 지나 백단사 계곡의 약사암에 이르면 실같이 흐르던 개울물이 활기차게 기운을 얻는다. 개울가 덤불 속에 나무 한 그루가 활짝 피어 있다. 물을 참 좋아하는 물참대. 마구 뒤엉킨 가지마다 하얀 꽃이 탐스럽게 달렸다. 누군가 물참대의 시든 가지 하나를 조심스레 꺾었다.
"보세요, 물참대의 가지는 텅 빈 구멍이에요!"

어쩌자고 물참대는 허공을 제 안에 감추었나. 산에서 듣는 새소리가 저리도 낭랑한 건 뼈의 구조와 전혀 상관없다고 할 수는

없을 것이다. 새가 털갈이를 하듯 봄이면 어린 가지 껍질이 얇게
벗겨지는 물참대. 한 아름의 물참대 꽃이 글썽이는 눈물처럼
저리도 맑고 흰 건 가지가 텅 비어 있기 때문은 아닐까.

물참대, 수국과의 낙엽 관목.

신나무
모처럼 서울로 외출하여 인왕산을 보는데 매미 생각이 났다.
내 일천한 관찰에 따르면 비가 올 때 매미는 뚝, 울음을 그친다.
아무리 울어 보았자 빗소리에게 제 울음이 잡아먹힌다는 것을
잘 알기 때문인 것 같다. 매미는 비가 그치는 기색을 누구보다도
먼저 알아차린다. 그래서 비가 그치자마자 그간 참았던 울음을
시원스레 토해낸다.

여름의 땡볕을 달구었던 그 매미 울음을 생각해 보면 여름에
활약했던 매미들의 수도 엄청날 것이다. 서울에 사는 시민과
서울에 뿌리내린 나무만큼이야 안되겠지만 만만찮은 숫자이다.
죽음에 순서가 있는 건 아니라 해도 시민들은 그래도 차례차례
서울을 떠난다. 한꺼번에 왔다가 왕창 울어 젖히는 매미는 떠날
때도 한꺼번에 그냥 몽땅 떠난다.

인왕산에서 한바탕 논 매미들. 영혼이 떠난 그 사체들은
어디로 갔을까. 내리는 빗물에 저항하지 못하고 물살에 떠밀려
인왕산 둘레의 하수구가 매미 사체들로 뒤덮이는 건 아닐까.
작년 가을엔 그게 궁금해서 인왕산으로 죽은 매미를 찾으러 가
보았다. 그러나 어디에도 매미의 흔적은 없었고 매미 소리의
여운만이 숲을 휘감고 있었다. 인왕산 중턱의 석굴암으로 오르는
돌계단에서 풍장되고 있는 한 구를 겨우 발견했을 뿐이다. 나는

인왕산의 주인인 인왕이 산을 위해 지극하게 울어 준 매미에 대한 보답으로 예의를 갖추어 숲속에 잘 수습해 거둔 것이라고 믿기로 했고 지금도 그렇게 믿고 있는 중이다.

올해 매미 소리는 언제쯤 나의 귓전을 두드릴까. 강원도 깊은 숲에서는 지금쯤 매미가 기지개를 켜고 있을 것이다. 아마 영리한 매미들은 도심의 소음과 싸워 이길 내공을 쌓은 뒤 이 야단법석의 세상으로 나설 기회를 노리고 있으리라.

몇 해 전부터 산으로 들 때면 주로 초입에 있으면서 눈에 확 들어오는 나무가 있다. 봄이 가고 여름의 기미가 올 때까지 묵은 열매를 그대로 달고 있는 신나무이다. 멀리서 보면 매미들이 줄지어 나무의 가지를 도움닫기하여 뛰어오르는 형국이다. 오호라, 작년의 선공蟬公들이 여기에 모여 승천하기 직전이로군!

신나무, 단풍나무과의 낙엽 교목.

시로미

이 지긋지긋한 더위를 다스리는 방법 중 하나로 이런 시간 여행을 해 보면 어떨까. 일억오천만 년 전으로 거슬러 올라가 보면, 지구의 북반구는 빙하기다. 육지의 사분의 삼이 얼음으로 꽁꽁 뒤덮인 것이다. 이때 추위를 피해 많은 식물들이 남으로 철새처럼 이동했다. 한반도에도 이른바 북방계 식물들이 자리를 잡았다. 그러다가 차츰 온난화가 진행되었다. 대부분이 고향을 찾아 북으로 되돌아갔지만 일부는 한라산, 설악산의 고산지대로 피신했다.

이런 내력으로 한반도에 남게 된 북방계 식물들이 제법 많다. 이 식물들이 없었다면 우리 생태계의 다양성이 퍽 빈약해졌을 것이다. 우리 국토에서 제주도가 없는 것을 상상할 수 없듯, 저 북방계 식물들이 없었더라면 한라산 꼭대기가 얼마나 허전했을까.

아주 오래전 내가 제주로 신혼여행 갔을 때만 해도 한라산 정상의 백록담 근처까지 갈 수 있었다. 하지만 이제 그곳은 일반인의 출입이 제한되어 아무나 함부로 갈 수 없는 곳이 되고 말았다. 진즉 식물에 눈을 떴더라면 그때 그 근처의 아주 귀한 나무와 야생화를 실컷 보아 두었을 텐데. 꽃산행에 빠진 이후 제주도를 뻔질나게 드나들게 되었다. 꽃을 중심에 두어야 하니 한라산은 어쩌다 가는 곳이 아니라 반드시 가야 하는 코스가 되었다. 그럴 때마다 저런 아쉬움이 몰려오지만 이젠 어쩔 수 없는 것.

윗세오름 대피소에서 조금 더 위로 올라가면 등산로 가장자리의 융단 같은 식물들을 볼 수 있다. 얼핏 보아서는 뻣뻣한 풀들이 고집스레 서 있는 것 같기도 하다. 10-20센티미터의 키에 새끼손가락만 한 굵기라서 나무라고 볼 수 없을 것 같은 나무, 시로미다. 열매가 시어서 그 이름을 얻었다지만 잘 익은 열매는 달콤하기만 하다. 이름이 독특한 만큼 생김새도 참 특이하다. 북방계 식물의 하나로서 그 특징을 고스란히 간직하고 있다. 키가 작고, 잎은 뾰족하되 물기를 잘 저장하도록 통통하다.

요즘같이 연일 불볕더위가 계속될 때면, 한라산의 시로미를 생각한다. 이처럼 급격한 온난화가 진행된다면 이들의 운명은 또 어떻게 될까. 더욱 고산지대로 쫓겨 가야 할까. 한라산 정상의 깎아지른 절벽에서 어디 한 발 제겨디딜 데가 있을까. 본래의 고향을 그리워하는 식물답게 땅으로 기면서 많은 가지를 내는 시로미. 혈혈단신으로 어깨동무하여 대가족을 이루는 우리의 시로미.

시로미, 시로미과의 상록 관목.

칡

남해 금산에 올랐다가 시간이 남아 바닷가 식물을 조사했다.
남해군 삼동면의 물건항勿巾港. 물건이라니, 항구의 이름이
재미있다. 여느 해안처럼 멀리 바다가 보이고 파도가 출렁이고
있었다. 눈앞의 이 자연에서 수평과 수직이 굳이 따로 있겠느냐만,
부분을 떼서 카메라에 담으려니 수평을 맞추는 것이 문제가
되기도 했다. 나의 자세에 따라 물이 엎질러지듯 기울어지는
수평선. 하지만 기울어진다 해서 왈칵 쏟아질 일은 없기에 바다는
바다이다. 『중용中庸』에서 자연을 예찬한 심오한 한 대목이
생각났다.

載華嶽而不重　대지는 화악산을 싣고도 무거운 줄을 모르고
振河海而不洩　강과 바다를 받아들여도 하나 새지 않는다

바위에 앉아 그런 바다를 오래 바라보았다. 저 바다 그리고 이
바위. 서로 무슨 인연이 있을까. 겉만 볼 줄 아는 나의 눈으로
바다와 바위의 관계를 짐작하기는 어렵다. 지금 여기에 서로 함께
존재하는 것을 넘어서는 그 어떤 관계가 있을 것 같기도 하다.
그러다가 나의 생각은 옆길로 빠져들었다. 바위에서 이 든든한
물체를 의지처로 삼아 살아가는 식물이 눈에 들어왔던 것이다.
　어디에서나 흔하디 흔한 칡넝쿨이 길게 바위를 짚고 넘어와
있었다. 칡넝쿨의 끝은 부드럽고 야들야들했다. 억세고 질긴
줄기와는 퍽 달랐다. 산에서 내려와 이곳에 오기까지 몇 개의
바위를 지나왔는가. 까끌까끌한 표면은 미끄러운 바위를 붙잡는
데 유용할 것 같았다. 여러 줄기의 칡넝쿨 안에 앉아 손으로 하나를
붙들었더니, 칡은 금세 나를 휘감기라도 할 것 같았다. 이 자리에서

78

명상에 더욱 매진하라고 나를 꽁꽁 묶으려는 것일까, 칡은?

칡넝쿨의 끝을 잡고 가만 바라본다. 미세한 털이 마치 짐승의 부드러운 가죽 같다. 그 끝에 바위를 상대하려는 발톱이라도 달려 있을 것만 같다. 시퍼런 껍질은 멍이라도 든 피부 같다. 넝쿨은 또 분지分枝하려고 찢어질 준비를 하고 있는 것이다. 칡넝쿨은 어디에서 왔다가 어디로 가는가. 이 거대한 땅을 가뿐하게 짊어지고 저 광활한 바다를 안온하게 부둥켜안은 그 어떤 존재의 꼬리를 붙들고 있는 듯한 느낌으로, 나는 구름에라도 닿을 듯 부풀어 올랐다.

칡, 콩과의 낙엽 덩굴성 나무.

돌가시나무

서로 사귀기라도 하는 듯 철석같이 바다에 달라붙은 해안 길을 달리다가 아담한 마을로 내려서니 어느 건물 옥상에 물건중학교라는 큼지막한 간판이 서 있었다. 물건항을 목적지로 해서 찾아왔으니 묻지 않아도 여기는 경남 남해군 삼동면 물건리임이 틀림없겠다. 물건리라서 물건중학교이겠지만 특이한 이름이기에 다시 한번 쳐다보고 불러 보았다. 물건중학교. 이 학교에 갓 부임해 온 선생님이 너희들 나중에 세상의 물건이 되어야 한데이, 농담이라도 할 것만 같지만 실은 지세가 물勿자 혹은 건巾자 모양을 닮았다 하여 붙여진 지명이라고 한다. 아쉽게도 이 학교는 2019년 꽃내중학교로 통합되었다.

아무리 파도가 시간을 이기려 저항해 본다 한들 남해안의 물건항에도 늦은 오후는 제때 찾아오는 법이다. '2006 잘 가꾼 자연문화유산'으로 선정된 천연기념물 물건리 방조어부림에는

풍채 좋은 나무들이 어울려 산다. 몽돌 해안을 지나 바위들의
동네로 나아갔다. 바다에서는 한 해녀가 물질을 하고 있고,
해변에서는 따가운 햇살을 피하느라 수건으로 온통 얼굴을 가린
아주머니가 우럭조개를 캐고 있었다.

인기척을 듣고 뿔뿔이 달아나는 바닷게, 잔돌에 철석같이
들러붙은 굴과 따개비를 보면서 어느 바위에 이르렀다. 햇빛에
몸을 달군 바위의 등허리가 군불 땐 아랫목처럼 따뜻했다.
바위마다 어김없이 헤매는 개미 한 마리. 개미가 참 대단한 건
골고루 이 세상에 퍼져 있다는 점이다. 그 어디를 가도 몇 발짝
만에 개미와 맞닥뜨린다. 인류가 멸망한다면 가장 먼저 지구를
제 세상으로 접수할 시나리오를 아무래도 개미들은 가지고 있을
것만 같다. 하지만 지금 내 눈앞의 개미는 대열에서 이탈하여 길
없는 길을 찾아 바위에서 정처 없이 방황하고 있었다. 멀리 가는
개미에게 내 마음의 한 조각을 실어 보내려는데 나무 하나가
눈에 들어왔다. 짭조름한 소금기가 가득한 이곳에서 정갈한 티를
간직한 나무, 거센 바람의 눈치를 보면서도 마냥 비굴하지는 않고
슬기롭게 납작 엎드린 돌가시나무였다.

흥건해진 마음으로 물건리에서 돌아와 물건들에 둘러싸인
일상의 나날을 보냈다. 며칠 후 케이비에스 스페셜 다큐멘터리
「자연의 타임캡슐」을 보다가 제주의 어느 해녀가 숨비소리
사이로 던지는 말이 나의 귓전에 닿았다. "물건은 용왕이 주는 것.
저승에서 벌어다가 이승에서 쓴다."

컴컴한 한밤중, 잠이 확 달아났다. 어쩌면 저승은 이웃
동네처럼 가까운 곳일지도 모르겠다. 방에서 홀로 저 문장을 듣자
비몽사몽간에 바다와 육지가 접한 곳에서 그 어떤 경계를 꿰매는
바느질 자국처럼 가시가 발달한 물건항의 돌가시나무가 선명하게

떠오르는 것이었다.

돌가시나무, 장미과의 반상록 관목.

살구나무

파주에 끝내주는 국숫집이 있다. 칼칼한 맛도 맛이지만 그 옥호가 특히 눈길을 끈다. '언 칼국수'라는 간판에 '言'이라는 한자가 딱 박혀 있다. "言. 날카로운 칼과 口가 합친 것. 칼로 까칠까칠하게 만들듯 하나하나 확실하게 구별되는 게 말"이라는 것이 『금성판 활용옥편』에 따른 '言'의 자원字源이다.

대부분의 경우, 말이란 그냥 무심코 하는 것인 줄로 안다. 그러나 언어가 없다면 세상은 분별될 수 없다. 제아무리 깊은 궁리를 해도 말이 없다면 어떻게 그 궁리를 바깥으로 운반할 수 있겠는가. 옹알이만 하다가 일생이 지나가고 말 것이다. 그렇다고 그것을 그것이라 말해 버리면 그것밖에 되지 못하니 이 말의 감옥을 어쩔 것인가. 말, 그게 결코 그리 간단하지가 않다.

제대로 우려낸 톱톱한 멸치 국물에 색다른 고명을 얹은 칼국수였다. 한 숟가락 뜨면 맑으면서도 깊고 묘하다. 이 쫄깃하면서도 뚝뚝 끊어지는 면발을 '언'이라는 이름에 담은 것일까. 그릇을 말끔히 비우고 난 뒤 주인을 찾았더니, 원래 '언니네 칼국수'였는데 상호등록을 하려니 한자가 필요해서 언言으로 했노라고 시큰둥하게 말했다. 이럴 수가, 얼큰했던 맛을 한 방에 보내는 싱거운 답이 아닐 수 없었다.

심학산 자락에서 놀다가 저녁을 맞이했다. 간단하게 때우자며 파주출판도시 입구의 청국장집 진달래로 갔다. 주말이라 오히려 한가해서 우리만 특별 대접을 받는 기분이었다. 각종 나물과

큼지막한 상추, 고추장을 섞어 보리밥을 비볐다. 밥알 하나하나가
다 살아 있어 막걸리 안주로도 훌륭하다. 몇 술 뜨는데 비로소
라디오 소리가 들려왔다. 「배미향의 저녁스케치」에서 전해 주는
날씨 소식이다. 먼 지방에는 비, 경기에는 돌풍이 분단다. 그 끝에
오늘은 낮이 가장 길다는 하지라고 했다.

식당 앞 공터로 나오니 전혀 다른 국면의 세상이 또렷하다.
눈앞의 풍경은 여러 단어들의 집합이기도 하다. 하늘과 구름, 산과
들판, 집과 골목이 있다. 이들을 가능케 하는 햇살이 땅거미에 쫓겨
졸아들고 있다. 텃밭 옆에 건장한 살구나무가 서 있다. 다닥다닥
붙은 노란 열매는 아직 밍밍하고 떫은맛이다. 여름의 지극한
경지로서 햇볕이 가장 풍부한 하지이니 열매에게 오늘이야말로
당도를 가장 높일 수 있는 절호의 기회다. 가물가물한 하늘에
저물어가는 기해년의 하지. 나무 아래서 그 이름만 겨우 알 수 있는
살구를 툭 건드리자 가지가 살짝 흔들렸다.

살구나무, 장미과의 낙엽 관목.

백리향
우리는 띄엄띄엄 산다. 비 오듯 땀을 흘리며 코끝에 걸리는
가파른 비탈길을 오를 때 작년 겨울 눈밭에 찍혔던 내 발자국을
떠올리면서 그런 생각을 해 보았다. 기억에 없는 어린 시절부터
이제껏 팔딱팔딱 숨을 쉬면서 살아오는 동안, 시간은 단 한순간도
멈추지 않았다. 내가 사는 방식은 저 발자국처럼 그렇게 띄엄띄엄
살아가는 것. 지도에 있는 곳을 다 못 가 보고, 사전에 있는 단어를
다 못 써 본다. 놓치고 가는 것이 너무 많다. 갈림길에선 어쩔 수
없이 길 하나를 버리며 나아가야 한다.

다시 한번 궁리해 본다. 태중에서 무덤까지 연속적인
흐름으로 살고 있지만 이 순간은 두 발을 움직여 띄엄띄엄
살아가는 것. 혹시 세상의 모든 빛이 파동이기도 하면서 동시에
입자의 성질을 가진다는 이중성이 나의 삶에서도 이렇게 체현되고
있는 게 아닐까. 물리학자들에겐 참으로 허무맹랑해 보일지도
모를 그런 상상도 해 보다가 어느 큰 바위 앞에 이르렀다. 삼척의
석병산 정상이다. 흩어진 바위마다 면벽한 수행승처럼 사람들이
다닥다닥 붙어 있다. 바위틈에 핀 백리향百里香을 찍는 중이었다.
멀리서 보면 바위는 단순한 물체가 아니다. 사람인 내 눈엔
주로 사람의 얼굴로 보이는 경우가 많다. 당장 눈앞에 어렴풋한
모습으로 짐작되는 건 염화시중拈華示衆의 미소처럼 백리향의 꽃을
물고 빙그레 웃고 있는 부처님의 상호!

향기가 백 리를 간다고 그 이름을 얻은 백리향은 높은 산의
바위틈에 뿌리를 내리고 산다. 가볍고 단출하게 무리 지어 있기에
그저 잘 번지는 풀의 한 종류이겠거니 했는데 엄연한 나무였다.
향기는 꽃에서만 나는 게 아니라 나무 전체에서 난다. 그 향기를
전하려고 그런가. 작지만 많은 가지를 뻗으며 최선을 다해 옆으로
자라나는 나무들. 이름이 백리라고 어디 백 리만 가랴. 코끝에
대면 진한 향기가 사방으로 튀어나간다. 바람을 따라가는 향기는
바람이 그치는 곳까지 퍼지겠지만, 머리로 들어와 나의 기억
속에서 향긋하게 진동하는 백리향은 어디까지 갈까.

백리향, 꿀풀과의 낙엽 관목.

나무수국
동북아생물다양성연구소에서 이끄는 사할린 및 쿠릴 열도 식물

탐사에 참가했다. 지도에서는 한반도와 한 손바닥 정도 떨어진 곳이지만 실제로는 좀체 가기 어려운 곳이었다. 어깨를 찌르는 조릿대 숲을 헤치며 가는 동안 처음 보는 식물도 많았지만 꿀풀, 금방망이, 해당화 등의 익숙한 것들도 만났다. 헛꽃이 발달한 나무수국은 특히나 반가웠다. 도감 속이 아니라 야생의 곰이 출몰할지도 모른다는 불안 속에서 우리나라와 마찬가지로 날씬한 나무들의 자세를 보는데 문득 이런저런 궁리가 일어났다.

예전 북한산에 막 다니던 시절, 정상에 서면 잠시나마 조금 다른 사람이 되는 기분이 들었다. 하산해서 막걸리 한 잔 걸친 뒤 오늘 하루 걸었던 산의 능선을 우러르면 괜히 어깨가 들썩거렸다. 거기까지만 했더라도 마음은 흔감했을 터이다. 산은 사람을 가만 내버려 두지 않는 것 같다. 산에는 우리가 산이라고 명명한 것만 있는 게 아니었다. 나의 몸에 학력과 이력을 비롯해 게으름, 시기, 질투, 불안이 들끓고 있듯 산에는 많은 것들이 생생히 뒹굴고 있었다. 낙엽과 열매, 벌레와 곤충, 바위와 흙. 그중에서 나무와 꽃이 함께 나를 찾아왔다.

나무 이름 하나 안다고 나무의 전부를 아는 건 아닐 것이다. 이름은 나무의 겉을 대표할 뿐 정작 구체적이고 생생한 세계는 나무 안에 있다. 껍질을 찢고 나오는 꽃, 그 꽃 안에 도사리고 앉아 있는 수술과 암술, 바람에 흩날리는 미세한 꽃가루들, 접시 같은 꽃잎과 쟁반 같은 꽃받침, 동물들의 가죽이나 사타구니에 은밀하게 자라는 것과 흡사한 털과 가시.

예전에는 오밀조밀한 식물의 기관을 보고서도 심드렁했는데 식물을 가까이하면서 그것들이 그것들로 한 세계를 우아하게 이룩하고 있다는 것을 알게 되었다. 산꼭대기에 세상의 넓이가 압축되어 있다면 한 그루의 나무에는 세계의 깊이가 응축되어 있는 건 아닐까.

　　귀국하고 출근하면서 꽃들의 근황이 궁금해서 사무실의
화단부터 먼저 둘러보았다. 활짝 핀 나무수국이 새삼 눈을 찔러
왔다. 이 지구는 물의 행성이니 섬뿐만 아니라 실은 대륙도 바다에
둘러싸여 있는 셈이다. 사할린에서 자생하는 나무수국과 내
화단에서 자라는 원예종의 나무수국. 이러니 나는 지금 식물의
품속을 헤엄치는 중이라 해도 틀린 말은 아닐 것이다.

　　나무수국, 수국과의 낙엽 관목.

　　모새나무
덥다. 더위는 입이 아주 큰 곤충 같다. 전신을 꽉꽉 물어댄다. 맴,
맴, 맴 우렁찬 매미 소리를 펄, 펄, 펄 겨울의 눈 내리는 소리로
치환하면 조금은 시원할 것 같은데 선공蟬公들도 더위에 지쳤나
보다. 올해의 매미 소리를 어디에서 처음 들을까. 귀를 뚫을 만큼의
시원한 소리를 기대했지만 아직은 그저 가늘고 희미하다.

　　벼랑 끝의 꽃 하나를 찾아 나로우주센터가 멀리 보이는
고흥으로 갔다. 이 고장에는 식당이나 모텔에 어마어마한 이름이
자주 등장한다. 모퉁이를 돌아들자 작은 휴게소의 이름이
금성金星이다. 불시착한 기분으로 그곳에 잠깐 들렀다. 인류 최초의
우주비행사인 유리 가가린은 버스를 타고 로켓 발사대로 가다
차를 세운 뒤 뒷바퀴에 소변을 보았다고 한다. 그 동작을 떠올리며
나도 화장실에 가서 '자연의 부름'에 따랐다.

　　드디어 도착한 어느 무인도. 통통거리는 낚싯배에서 따개비가
붙은 바위로 뛰어내릴 때, 그야말로 훌쩍 출세出世한다는 기분이
들었다. 이 작은 섬은 식물의 공화국이다. 아슬아슬한 벼랑에는

아주 희귀한 난초들이 붙어 있고, 풀은 풀대로 나무는 나무대로
어울려 산다. 인적 하나 없기에 무덤도 없는 섬.

　더웠다. 펄펄 끓는 뭍에서 섬으로 탈출해 나갔지만 여기는
또 여기대로의 더위가 도사리고 있었다. 땡볕은 여름에만 사는
한해살이 식물 같기도 하다. 온 사방에 무성하다. 아무리 더워도
꽃은 피고 열매는 단련된다. 더울수록 더 통통한 알곡을 맺는
식물의 가르침을 따라 내 마음의 근육을 다지는 기회로 삼는다.
지금은 꽃들도 온도에 지쳐 잠깐 쉬는 형국이다. 계절이 가을꽃을
다투어 피우기 직전, 한 호흡을 고르는 것 같기도 하다.

　그 와중에 활짝 핀 꽃을 주렁주렁 달고 있는 건 모새나무였다.
이름이 조금 특이하고, 종처럼 작은 꽃들이 무슨 아우성이라도
치는 듯 다닥다닥 붙어 있다. 내륙의 고향에서 자주 보았던
정금나무나 산앵도나무와 비슷한 꽃. 종소리라도 듣는 듯 풍성한
꽃에 얼굴을 파묻으면 은은한 향이 코로 몰려온다. 고흥의 벼랑
끝에 앉아 작지만 옴팡지게 자란 모새나무를 보며 생각해 본다.
세계의 끝이 이리도 자잘하고 예쁘고 정교하고 거룩하구나!

　모새나무, 진달래과의 상록 관목.

　덜꿩나무
내 그림자는 언제부터 있었나. 그건 내가 언제 이 세상에 왔을까와
똑같은 물음이다. 내가 이 세계로 미끄러져 들어올 때 그림자도
동시에 태어났다. 그림자는 울음보다도 먼저 나를 기다리고
있었다. 그림자란 태양이 너희들은 모두 내가 언젠가 녹여 먹을
사탕이야, 하고 지상의 모든 존재들에게 찍어 놓은 불도장 같은
것!

참 시시한 질문 같았는데 말하고 보니 감히『논어』의 한 대목, 절문근사切問近思(간절하게 묻고 가까운 일부터 생각함)를 들먹일 수도 있겠다는 생각과 함께 발밑 그림자를 관찰해 본다. 그림자는 본다고 다 보는 게 아니란 것을 증명해 준다. 그림자에 관한 나의 가장 오래된 기억은 고등학교 지구과학 시간에 선생님한테 들었던 한마디이다. "모든 햇빛은 너무나 먼 태양에서 직진해 오기에 지구에 평행하게 도착하고, 그래서 그림자가 생긴다!" 이상하게 그 말이 마음에 참 오래 남아 이후 그림자에 대한 관심을 간단없이 이어지게 하는 한 이유가 되었다.

낯선 고장을 찾아갈 때 해 저물 무렵 도착하는 건 사소한 축복이다. 경남 밀양의 천황산으로 꽃산행 가는 길. 관광버스의 푹신한 의자에서 뉘엿뉘엿 석양에 반사되는 밀양密陽 이정표를 보면서 온라인 옥편을 뒤적였다. 빽빽한 햇빛 혹은 비밀의 햇빛, 밀양. 낮에는 지푸라기처럼 빽빽했다가 밤이면 비밀스럽게 변하는 햇빛인가. 그래서 비밀은 햇빛 속에 다 드러난다는 것인가.

밤이란 지구의 짙은 그림자. 그 그림자에 폭 파묻혀 밀양에서 하룻밤을 지낸 뒤 유명한 얼음골을 지나 천황산을 오른다. 볼 게 많았다. 여름임에도 너덜겅의 돌 밑에는 고드름이 달려 있다. 허준이 스승 유의태를 해부했다는 동의굴의 서늘한 바위에는 짙은 분홍의 설앵초가 피었다. 얼음골과 그 이름이 잘 어울리는 꽃이다. 꽃도 꽃이지만 오늘은 그림자에 특히 유념하기로 했다.

산에서 나무 한 그루의 사연은 헤아릴 수 없을 만큼 심오하다. 큼직한 나뭇잎에 담긴 꽃의 그림자가 눈에 들어온다. 별 모양의 흰 꽃이 빽빽하게 모여 있는 덜꿩나무. 잎은 물론 가지와 줄기에도 털이 밀생하는 덜꿩나무. 모양이 단정하면 그림자도 반듯하다. 이 세계를 두껍고 깊게 담아내는 꽃과 잎에 드리워진 그 그림자를 찰칵, 찍었다.

덜꿩나무, 산분꽃나무과의 낙엽 관목.

산딸나무

월화수목금토일. 일주일을 한 묶음으로 떼굴떼굴 굴러가는 세속
도시의 일상이다. 요일마다 얼굴은 다 달라진다. 웃음과 울음이
번갈아 찾아오기도 하지만 표정은 하나이다. 근심과 걱정을
보관하는 창고의 자물쇠처럼 딱딱하게 굳어진 지 오래다.

주중에도 고개가 있는 걸까. 수요일을 기점으로 어디론가
굴러 내려가는 느낌이다. 금요일. 얼굴이 마구 뜯겨 나가
너덜너덜해진 기분으로 귀가하다가 흑석동 원불교당 앞 버스
정류장에서 광고판을 보았다. '영월 창령사 터 오백 나한. 당신의
마음을 닮은 얼굴.' 큼지막한 돌덩이의 울먹이려는 표정이
목석같던 나의 뒷덜미를 끌어당겼다. 그때 그 공간에서 단연
돋보였기에 나는 그들을 휴대폰에 찰칵, 담았다. 그리고 몇 묶음이
또 떼굴떼굴 굴렀다.

『경향신문』에서 조운찬의 칼럼 「래여애반다라」를 읽은 어느
날의 아침, 뜻밖에도 춘천 출신의 아내가 창령사 터 나한 이야기를
불쑥 꺼냈다. 누군가 배후에서 조종이라도 하는 듯 춘천, 아내,
나한으로 이어지는 한 쾌의 이야기가 주르륵 엮였다. 용산의
국립중앙박물관 특별전시실을 안 찾고는 배겨날 도리가 없었다.

정밀한 고독과 숨 막히는 고요가 밀물처럼 들어찼다.
전시장에 걸린 『법구경』의 한 구절. "마치 허공을 나는 새가
걸림 없이 멀리 가는 것처럼" 컴컴한 공중의 스피커에서 들리는
새소리가 있어 전시장 측에 이름을 문의했지만 아무도 아는 이가

없었다. 두리번거리는 이들의 불성을 깨우쳐 주시는 나한이
좌대에 앉은 채 나와 어깨를 견주었다. 고향 뒷산에서 흔히 보았던
질감의 돌이다. 전시장의 나한은 관람객들과 분리되지 않았다.
싸늘한 유리로 격리되지도 않았다. 나는 자유로이 나한 사이에
섞인다. 어쩌면 이 순간은 나도 이 공간에 전시된 작품이다.
나한들도 나를 감상하고 있는 중이겠다.

　　사람들은 전시장을 떠나면서 저마다 하나씩의 얼굴을
가져가는 듯했다. 나 역시 예외가 아니었다. 마음 속으로
외할머니를 모시고 나오며 팸플릿에 적힌 청허 휴정의
『선가귀감禪家龜鑑』의 한 구절을 중얼거려 보았다. "단단한 돌덩이
오래됐단 말 말게. 무생無生에 견주어 보면 찰나간인걸."

　　박물관에 입장할 때 왼편에 서 있던 나무가 오른편에 여전히
피어 있다. 요즘은 산에 가도 봄과 가을 사이에서 꽃이 잠깐
주춤하는 시기. 산딸나무는 그 허전한 간극을 감당하듯 홀로 피어
있다. 관상수로 심었지만 용산을 후원하는 저 남산의 기운이 흠뻑
배어 있다. 다음에 산에서 산딸나무 아래를 지날 땐 보리수 아래
정등각을 깨친 부처 같은 창령사 터 오백 나한을 떠올려야겠다.

　　산딸나무, 층층나무과의 낙엽 관목.

　　영산홍

사람들 사이에 섬은 없고 물에 빠진 닭이 있다. 난처한 사정이
아니다. 점심시간에 심학산 아래 닭백숙 집에 왔다는 이야기이다.
오늘은 모임이 있다. 사인용 상을 잇대어 붙이고 미팅 대열로
나란히 앉았다. 단순한 점심이 아닌지라 여러 사람들의 목소리로
일순 식당이 시끌벅적해졌다.

구규九竅는 몸에 뚫린 아홉 가지 구멍을 말한다. 구규가 있기에 인체는 외부와 소통하면서 스스로를 건사한다. 하부의 것은 그렇다 치고 상부에 난 구멍은 주로 얼굴에 집중되어 있다. 눈 하나가 뒤통수에 달리면 사방을 두루 꿰지 않을까. 일견 더 나은 조건일 수도 있겠지만 사공 많은 배가 산으로 가듯 부작용이 많을지도 모른다. 그러니 차라리 한쪽을 선택하고 그 선택에 몰두하라는 함의로 나는 이해한다.

얼굴에 모인 일곱 구멍으로 생각이 뻗어 나가다가 이런 의문이 들었다. 왜 일곱 개인가. 사실 콧구멍은 겉으로만 두 개일 뿐 해부학적으로 하나가 아니겠는가. 그렇다면 나머지 하나는 어디에 있을까? 입을 두 개로 간주해야 하는지도 모르겠다. 말하는 구멍과 먹는 구멍.

모처럼 소임을 만난 나의 입은 토실한 토종닭의 육질을 실컷 즐겼다. 목구멍으로 넘기면 그 다음은 또 다음의 기관들이 알아서 해 주겠지. 구규에 관한 그런저런 실없는 생각과 함께 점심을 끝냈다. 어차피 세상의 모든 말은 결국 먹이에 닿아 있다. 사람들 사이에 먹을 게 떨어지면 대화도 금방 시들해진다. 이윽고 나는 섬을 떠났다. 참석한 사람들과 일일이 마당에서 악수하고 헤어졌다는 이야기.

배가 부른 김에 차를 버리고 심학산으로 방향을 틀었다. 산 너머 파주출판도시의 사무실까지 걷기로 한 것이다. 산 초입의 약천사 돌 화단에 영산홍이 있다. 도무지 갈피를 잡을 수 없는 추위에 아직 꽃망울도 보이지 않는 작은 나무들이다. 그 아래 누군가 작은 나무 팻말을 세워 놓았다. 자세히 보니 『마하반야바라밀다심경』을 깨알같이 적어 놓았다. 영산홍은 주위에서 흔히 볼 수 있는 원예용 나무다. 거룩한 불심을 보살피는 나무 팻말로 인해 오늘의 영산홍은 퍽 달리 보였다.
"아제아제바라아제바라승아제…."『반야심경』의 마지막 진언을
세 번 외며 심학산으로 올라갔다.

영산홍, 진달래과의 반상록 관목.

당단풍나무
"사람이 죽는 순간 21그램이 줄어든다고 한다. 21그램, 그것은
영혼의 무게일까? 오 센트 동전 다섯 개, 벌새 한 마리의 무게…."
알레한드로 곤살레스 이냐리투 감독의 영화「21그램」의 마지막
독백이다. 세상에서 가장 작은 새인 벌새를 직접 본 적 없지만 대략
꿀벌만 하지 않을까. 꿀벌 한 마리가 현호색의 꽃대궁을 붙들고
땅에 닿을 듯 휘청, 구부러지는 것을 보며 저게 바로 내 영혼의
무게이려니 생각해 보기도 한다. 이런 마음의 생태계에서, 영화
「벌새」에 대한 주위의 강력한 평을 들었다. 영화를 안 보고는
그나마 있던 내 영혼의 무게가 줄어들어 버릴 것만 같았다.

영화에 등장하는 아파트는 참 다닥다닥한 공간이었다. 현관
열고 세상에서 묻힌 먼지투성이의 신발 벗으면 곧바로 거실이고,
문 하나 열면 바로 방이다. 사는 동안 어디 훌쩍 잠적하거나
심지어 도망가고 싶은 적이 한 번이라도 없겠는가. 아파트는 그럴
때의 그런 마음을 용납하지 않는다. 전시장에 진열된 물품처럼
모든 곳을 훤하고 빤하게 드러내 놓으라고 한다. 핵가족이
우격다짐으로 사는 아파트에서는 피하고 싶은 일이 벌어질 때
숨을 장소가 어디에도 없다.

어쩌면 가장 가까운 사람이 가장 무서운 법이기도 하다. 떡집
막내딸인 은희는 중학생. 왼손으로 만화를 그리면서 가슴속 질문

하나는 그래도 붙들고 생활한다. 제 삶도 언젠가 빛이 날까요.
가정은 물론 학교에서도 아무런 존재감이 없던 은희를 상대해 준
이는 한문학원 선생님이다. 왼손으로 한자를 잘 쓰는 그는 은희
마음에 한 획을 그어 주며 스케치북을 선물한다. 알록달록한
세상에서 흰 종이가 사무치게 좋았나. 연필로 만화를 그리듯
손바닥으로 백지를 쓰다듬는 은희.

　영화에는 나무가 표나지 않게 자주 등장한다. 은희가
친구와 헤어지는 곳도 다시 만나는 곳도 나무 아래다. 가장 크게
클로즈업되는 당단풍나무는 가을의 복판에서 프로펠러 같은
열매를 매달고 있다. 본래 있던 곳으로부터 그늘을 피해 되도록
멀리 날아가기 위해 그런 생김새를 가진 열매다.

　벌새는 무수한 날갯짓으로 공중에 정지하면서 꿀을 빨아
먹는다. 은희도 가끔 벌새처럼 뛰어오르지만 그런다고 공중에
머물 수는 없다. 중력이 지배하는 이 공간에서 삶의 무거움을
견디는 건 오로지 본인의 몫이다.

　봄꽃 나들이 중 꿀벌 한 마리가 현호색에 앉으면 그 가는
줄기가 휘청, 땅에 닿는 모습을 여러 번 보았다. 영혼의 무게만
한 무거움에 휘청이던 어느 현호색을 떠올리기도 했으나 영화
속 나무로 글을 마무리하자. 벌새의 날갯짓처럼 눈을 반짝거리는
은희, 가슴속 한 획을 붙들고 당단풍나무 열매처럼 멀리 회오리쳐
날아가기를!

　당단풍나무, 단풍나무과의 낙엽 교목.

　장구밥나무
여름의 후끈했던 열기를 비축하는 건 뭍이 아니라 물이다.

날씨는 공중에서 유래하지만 봄은 남녘 바다에서부터 오는가
보다. 상대적으로 따뜻해서 겨울에도 얼지 않는 바닷물의 온도
덕분이다. 여수 돌산도의 죽포에서 향일암까지 걷는 길이다.

섬이라고 만만히 볼 건 아니었다. 바다를 향해 힘차게
달음박질하던 여수 반도는 더 이상 내달릴 수 없는 곳에서 보란
듯이 훌쩍 솟구친다. 돌산을 세상에 흔한 '돌멩이 산'쯤으로
짐작했더니 그게 아니었다. 말하자면 이곳에서 땅은 마지막을
장식하며 크게 한번 돌출했다가 바닷속으로 뛰어드는 격이다.
여수의 여麗는 돌산의 돌突과 호응해서 천하의 아름다움을 제대로
완성하는 셈이었다.

김매기에 한창인 들길을 지나 봉황산, 율림치에 이르니
관광버스 옆으로 설레는 마음을 이기지 못해 뛰쳐나온 상춘객들의
왁자한 놀이 소리가 가득했다. 간이 좌판마다 젖은 안주와
마른안주가 수북했다. 내처 금오산으로 오르니 그만큼 바다에
가까워진 듯 봄기운이 훅 끼쳐 왔다. 기대를 저버리지 않고
뛰어나온 병신년산産 노루귀, 변산바람꽃, 산자고를 육안으로 보는
호사를 누렸다.

드디어 금오산 정상이다. 멀리 있는 산들이 거리에 따라
음영을 달리하듯 발아래 바다의 물빛도 뚜렷이 구분된다.
해를 향한 암자인 향일암向日庵으로 내려가는데 좀 전에 만난
장구밥나무가 떠올랐다. 나무는 앙상한 줄기들이 마구 뒤엉킨
채 어느 무덤가에 자리잡고 있었다. 한때 풍성했을 열매는 모두
떨어지고 마지막 미련처럼 몇 개만이 남아 있었다. 가운데가
잘록한 열매가 장구처럼 보인다고 해서 장구밥나무. 하지만
오늘의 나에겐 해를 뜻하는 '日' 자처럼 여겨졌던 것이다.
장구밥나무의 열매는 무채색의 산중에서 해돋이처럼 선명한

빨간빛이다.

오늘 이른 아침, 지상의 나는 죽포에서 하늘의 해는 향일암 앞 먼바다에서 동시에 출발했다. 나는 동쪽으로, 해는 서쪽으로 각자 걸었다. 우리가 어디쯤에서 엇갈렸는지 그건 모를 일이다. 힘겹게 내 뒤를 떠받치던 그림자가 어느새 내 키보다 훨씬 길게 자라 나를 이끌고 있다. 향일암으로 가는 마지막 구간은 수직의 절벽 계단이다. 졸아드는 햇살, 얼마 남지 않은 오후와 장구밥나무의 잘록한 열매를 떠올리며 되도록 천천히 계단을 내려왔다.

장구밥나무, 피나무과의 낙엽 관목.

가을, 산문

아주 오래전 늦가을, 출판업에 종사하는 이들의 정기 산행에
꼽사리 껴서 설악산에 다녀온 적이 있다. 백담사 계곡으로
올라가서 봉정암, 소청산장(일박), 중청 대피소, 대청봉, 오색으로
내려오는 코스였다. 새벽에 서울을 출발해서 백담사 입구에
도착해 황태북엇국으로 아침을 먹었다. 각자 배낭을 챙기고
등산화 끈을 조이고 등산복 매무새를 고친 뒤 백담사행 정류장에
모여 사찰 버스를 기다렸다. 시간이 좀 남자 기념사진을 찍었다.
찰칵, 셔터 소리가 난 뒤 각자 순한 표정을 풀고 대오를 흩트리며
단독자가 되어 산으로 걸음을 옮겼다.

　　산행은 고되었지만 순조로웠다. 단풍이 제철을 지나고
요란한 단풍객들도 이미 다녀간 뒤였다. 설악은 고요 속에 한
해를 마무리하고 있었다. 봉정암을 옆으로 끼고 돌아드니 사리탑
광장이었다. 간단히 참배를 하고 눈을 옆으로 돌리니 장엄한 공룡
능선과 용아장성 능선이 한눈에 들어왔다. 보는 것만으로 푹
빠지게 되는 장관이었다.

　　그런 풍경에 취해 봉정암에서 시간을 보내다가 다시 산행을
시작했다. 곧 땅거미가 몰려올 태세였다. 서둘러 암자 뒤로 돌아
급경사의 가파른 길을 올랐다. 어느 순간 돌연 지붕이 나타나고,
평상이 보이고, 수도꼭지에서 물이 쏟아지고, 빈대떡 굽는 냄새와
소리가 몰려왔다. 물이 가득 찬 큰 고무 대야에 막걸리와 소주가
담겨 있었다. 소청산장이었다. 그때만 해도 그 산장은 민간인이
운영하는 시설이었다. 드디어 돌계단의 마지막 칸에서 힘겹게
발을 떼고 뒤를 돌아보았다. 아, 그때 뭉게뭉게 구름을 거느리고

97

나타난 설악산의 모습이란!

큰 산을 오를 때 물은 꼭 유념해서 챙겨야 하는 품목이다.
맘먹고 가는 큰 산이라면 보통 산행 시간이 길게는 열 시간, 짧아도
일곱 시간은 된다. 그러니 중간에 식수 보충이 가능한지를 따져
보아야 하는 것이 필수이다.

그로부터 몇 해가 흘러 지리산 꽃산행. 성삼재에서 출발했다.
노고단 대피소에서 잠시 쉬었다가 노고단 고개에 올라섰다.
이곳에 서면 잠시 엄숙해진다. 설악산하고는 또 다른 장중한
풍경이 펼쳐진다. 이제부터 도달해야 할 봉우리들이 멀리 차례로
도열한다. 가장 가까이로 반야봉이 봉긋하고 까마득히 멀리서는
천왕봉이 보일락 말락!

오늘 우리가 가는 길은 지리산 종주가 아니다. 능선을
걷다가 화개재에서 뱀사골로 꼬부라져 내려가기로 했다. 그리고
음정마을에서 자고 벽소령으로 가는 작전 도로를 탐방하기로
했다. 노고단에서 시작할 때 지리산 종주길은 평탄한 꽃길이다.

미역줄나무, 쥐오줌풀, 처녀치마, 개구리자리, 금강애기나리,
나도제비란, 큰앵초, 꿩의다리, 노루오줌, 지리터리풀, 명자순,
복장나무, 복자기나무, 나래회나무, 금강애기나리, 졸방제비꽃,
애기나리, 노린재나무, 개시호, 동자꽃, 쉽싸리. 돼지령까지 오는
동안 관찰한 식물들이다. 이제 피아골 삼거리를 지나 조금 더 가면
임걸령이 나온다. 그곳에서 좌측으로 귀를 기울이면 물소리가
들린다. 그곳에는 샘이 솟아난다.

이 지리산의 꼭대기에 샘이 있다는 건 등산객에게 놀라운
축복이 아닐 수 없다. 정갈한 분위기의 샘에는 울타리가 쳐져 있다.
그리고 국립공원에서 만든 팻말이 붙어 있다. 팻말에 그려진 어미

곰과 아기 곰은 발바닥을 내밀며 이렇게 말하고 있다. "출입금지."
자연은 우리 모두의 미래이니 당신들도 물만 먹고 조용히 가라는
것이다. 그 덕분에 울타리 너머로는 동의나물 군락이 노란 꽃을
피운 채 한가롭게 놀 수 있다.

　　나도하수오, 죽대, 은분취, 일월비비추, 미나리아재비, 꿩의밥,
풀솜대, 큰산장대, 원추리, 나도개감채, 참바위취, 바위떡풀을
중간중간 관찰하면서 화개재까지 계속 걸었다. 꽃산행을 하다
보면 일반 등산보다 시간이 두 배쯤 걸린다. 계획했던 일정을
모두 마치고 반선마을로 내려오니 어두컴컴한 밤이었다. 총 산행
시간, 열세 시간 사십 분. 총 산행 거리, 14.6킬로미터. 음정마을
민박집에서 뻐근한 다리를 뻗고 꿈 없는 잠을 자고 났더니 바로
아침이었다.

　　원래 이튿날의 계획은 지리산자연휴양림 뒤편의 작전 도로를
따라 벽소령 대피소, 형제봉, 삼각고지, 연하천 대피소, 음정마을로
내려오는 코스였다. 우리 일행은 지금 꽃산행에 꽃사진을 겸하는
중이다. 백무동에서 서울로 가는 막차 시간이 촉박하여 벽소령
대피소와 연하천 대피소로 가는 갈림길에서 하산했다. 총 산행
시간, 일곱 시간 삼십 분. 총 산행 거리, 8킬로미터.

　　얼핏 잠에서 깨어 보니 고속버스는 씩씩하게 달리고 있었다.
물병을 찾았더니 지리산의 능선에 있는 그 놀라운 임걸령 샘에서
가득 채운 물이 아직도 반이나 남아 있었다. 몹시 목이 말랐지만
두 모금은 끝까지 일부러 남겼다. 흔들리는 차창 바깥을 보니
밤하늘에 익숙한 산의 능선이 뚜렷했다. 하남의 검단산이었다.
서울에 곧 진입할 모양이었다. 뻐근한 다리를 앞좌석 밑으로 뻗고
하품을 했더니 지난 이틀간의 산행이 꿈결처럼 느껴졌다.

　　다들 어디를 갔다 오는 것일까. 설악산을 다녀오는 차들은

대부분 서울양양고속도로를 이용한다. 지리산을 다녀오는 버스는 중부고속도로를 달린다. 강동대교에서 두 고속도로와 합류한 올림픽대로는 차들로 빽빽했다. 관광버스도 쉽게 눈에 띄었다. 설악산이나 지리산, 혹은 그 밖의 산을 다녀오는 등산객들이 대형 버스마다 한두 명은 꼭 끼어, 어김없이 졸고 있는 것 같았다.

차는 올림픽대로에서 벗어나 올림픽대교를 건너고 있었다. 강변 아파트가 휘황했다. 서울특별시의 빌딩이 아무리 높아 보여도 나에겐 설악산 봉정암 뒤편 사리탑보다 한 수 아래였다. 실제로 해발로 치면 지리산 음정마을보다 훨씬 아래이기도 했다. 나는 물병을 꺼냈다. 도시 한복판에서 지리산 능선을 뚫고 솟아난 물을 목구멍으로 넘겼다. 이 물은 보통 물이 아니다. 서울에서 섭취하는 지리智異의 근육이었다.

제주도 좋은 줄이야 진즉에 알았지만 이웃 동네도 아니고 바다를 격한 터라 자주 갈 형편은 되질 못했다. 풍광이 좋고 휴양지로 손색이 없는 곳이라는 건 알지만 경제적으로나 시간적으로나 여유를 부릴 형편이 되질 못했던 것이다. 아주 오래전 신혼여행 때 처음 가 보고 내내 그리움의 대상으로 남았다.

제주도는 남해안의 해안가 식물들과 달리 난대성 기후의 지휘를 받는 특산식물의 보고이다. 너무나도 뒤늦게 산을 드나들게 되면서 꽃산행에 빠진 이후, 한라산의 희귀 식물이 불러대는 바람에 최근에는 해마다 가는 호사를 누리게 되었다. 대륙과 완벽하게 고립되어 진화론의 결정적 단서를 제공한 갈라파고스 섬 만큼이야 아니더라도 제주도의 생태계는 한반도에서 뚝 떨어진 섬 식물의 특징을 고스란히 보여준다.

경자년 현충일 연휴를 이용해 제주도에 갔다. 올핸 모처럼 각별한 일정을 짰다. 꽃동무들과 탐사를 한 뒤, 나는 남아서 며칠 더 제주에 머무르기로 한 것이다. 내 첫번째 제주도 여행의 동무도 슬쩍 부르기로 했다. 꽃동무들과 헤어지고 공항에서 아내와 접선했다. 헤아려 보니 신혼여행 이후 제주 공항에서의 세번째 만남이었다.

꽃에 관심을 둔 이후 제주도에서의 나의 시선은 조금 삐딱해졌다. 그 허다한 관광지나 인공의 간판은 눈에 들어오지 않게 되었다. 그저 한라산과 그 주변의 계곡, 곶자왈의 원시림, 바닷가 모래밭 사이의 풀, 낮은 돌담 사이의 덩굴성 식물에 눈길이 자꾸 가는 게 아닌가. 나는 아직 식물의 전문가가 되지 못해 혼자

101

꽃산행을 하는 건 무리한 일이다. 이런 기회도 흔치 않은 터라 관광 삼아 마라도까지 가 보기로 했다. 숙소에서 모슬포 선착장까지 가는 길에 추사 김정희 유배지의 기념관에 잠깐 들렀다. 오늘날의 가택연금에 해당하는 위리안치圍籬安置 형을 받은 추사였다. 그 옛날엔 집 둘레에 가시가 뾰쪽한 탱자나무가 무성했겠지만 지금은 관광객들의 무수히 흩어진 발자취뿐이었다.

'모거리'는 추사가 기거하던 별채의 이름이다. 그곳에는 차의 대가인 초의선사草衣禪師와 한담을 나누는 모습이 재현되어 있었다. 모거리의 툇마루에 앉았다. 그 옛날의 그 초가는 아니겠지만 물큰한 정감이 몰려왔다. 더구나 처마 사이로 보는 하늘은 색다른 감흥이었다. 우울한 구름이 제주도 하늘을 배회하고 있었다. 비라도 한줄기 흩뿌릴 날씨였다.

나의 발길이 머무는 지상의 건물이나 물건, 골목이나 돌담이 그려내는 지형은 추사가 땅을 딛고 다닐 때와 무척 다를 것이다. 하지만 훌쩍 뛰어오르면 보이는 저 지붕 너머, 소나무 위에 걸린 공중이나 그 위의 아득한 하늘은 옛날과 크게 다름이 없을 터이다. 문득 들리는 이 새소리, 모슬포 앞바다를 두드리고 오는 삽상한 바람, 멀리 송악산이 보내 주는 계곡의 향기도 추사 김정희를 외면하지 않았으리라.

그런 생각이 들자 이 제주의 유배지가 문득 시공을 초월해 무연해진 자리란 생각이 들었다. 마라도행 배 시간에 마음이 급해 건성으로 전시장을 훑고 지나가다가 언뜻 스친 구절에 마음이 쏠렸다. 아무리 촉박해도 볼 건 보아야 했다.

小窓多明　　작은 창문에 밝은 햇살
使我久坐　　나를 오래 머물게 하네

서예에 관해서는 한 줄의 식견도 갖추지 못했지만 한자를
창의적인 문자로 그려내는 추사의 감각에 놀라지 않을 수 없었다.
창문이라고 할 때의 '窓'을 사각형의 집합으로 표현한 것이나
많다는 뜻의 '多'를 삐뚜름하게 달린 창문으로 표현한 것, 밝다는
뜻의 '明'을 견고한 덧문을 달고 격자무늬 창호를 바른 이중
창문으로 그려낸 것. 더구나 앉는다는 뜻의 '坐'에 저리 날렵한
창을 두 개나 뚫어 놓았다. 대체 저 여덟의 한자에는 크고 작은
창이 몇 개이더냐.

이른 시간임에도 관광객을 가득 태우고 배는 출항했다.
잔잔한 파도를 가르며 예정된 길을 무사히 뚫고 가더니 삼십
분 만에 마라도를 턱 눈앞에 대령시켰다. 여기가 말로만
듣던, 남쪽으로 가장 끝에 있다는 마라도였다. 흔감한 기분이
발밑에서부터 몰려왔다.

바닷속 거인이 모가지만 간신히 물 위로 내놓은 듯한
마라도는 납대대한 섬이었다. 바다가 한번 크게 성을 내면
물속으로 금방 푸욱 잠길 듯했다. 모든 시설물들이 따개비처럼
악착같이 납작하게 붙어 있는 모습이었다. 두 시간이면 마라도를
한 바퀴를 돌 수 있다고 했다. 마라도표 짜장면과 짬뽕으로 유명한
식당을 지나 천천히 걸었다. 혹 이 섬에서 진귀한 꽃이라도
발견할까 싶어 풀밭으로 부지런히 눈길을 던지면서.

뚜껑별꽃. 지금이 개화 시기인 이 꽃의 이름을 처음 들었을
때 이름만으로도 내 마음이 홀랑 뒤집어졌다. 대체 꽃의 모양이
어떻게 생겼기에 저런 인상적인 이름을 얻었단 말인가. 사실 꽃
공부하면서 가장 힘든 게 나무 앞에서 제 이름을 불러 주는 것이다.
몇 번을 듣고 머리에 심으려 해도 그 꽃과 그 나무 앞에 서면 금방
까먹기 일쑤다. 고유명사는 왜 이리도 나를 곤란하게 만드는가.

하지만 뚜껑하고도 별꽃, 그 이름은 단박에 기억에 새겨지고도
남았다. 어제 헤어진 꽃동무는 언젠가 제주에 딸린 또 다른 섬인
우도에서 뚜껑별꽃을 보았다고 했다. 그렇다면 나도 마라도에서
그 뚜껑별꽃을 처음으로 발견하자는 순진한 기대를 했던 것이다.

　　마라도에서도 가장 남쪽, 그야말로 우리 국토의 최남단
표지석에 다다르도록 이렇다 할 꽃을 만나지 못했다. 큰개미자리,
괭이밥, 땅채송화, 순비기나무, 해국, 애기달맞이꽃 등의 흔한
꽃들을 눈에 담았을 뿐이다. 내가 찾는 뚜껑별꽃은 흔적조차
없었다. 그렇게 시무룩하게 터덜터덜 걸어가다가, 출입 제한
안내판까지 이르렀다. 서귀포시장 명의의 안내판은 관리 부실로
땅에 떨어져 있고, 사각의 구조물만 창문처럼 우두커니 서 있는
형국이었다. 휑한 창틀 속으로 마라도의 짙푸른 바다가 한 폭 걸려
있었다.

　　최근 나는 꽃이나 나무를 보면서 단순히 눈앞에 드러나는
것만이 존재의 전부일까, 하는 생각에 빠지기도 한다. 꽃 너머,
나무 너머에 대해서 얕은 머리를 굴려 보기도 한다. 하지만 아직
희미하게라도 잡히는 건 없다. 바람이 누군가의 기척인 것처럼
분명 그 너머에 무언가 있다는 건 알겠는데 아직은 거기까지다.
꽃은 지하에 사는 누군가 내건 유리 창문이 아닐까 하는 정도.

　　제주도에서, 그리고 우리 국토의 남쪽 끝 마라도에서 뜻밖의
창을 많이 발견했다. 꽃을 보거나 나무 아래 서면 어떤 창문을
사이에 두고 내가 그들을 기웃거리듯 그들도 나를 통해서
무언가를 보고 있지 않을까 하는 생각이 든다. 지금은 어쩌면 나도
영락없는 한 장의 창문이 아닐까. 마라도 바닷가의 휑한 창문을
빠져나온 바닷바람이 내 가슴을 통과해 나가고 있었다.

사람의 몸에 대해 생각해 본다. 몸은 생로병사를 구체적으로 직접 겪어내야 하는 당사자다. 아무리 가까운 사이라도 병을 대신 앓아 달라고는 부탁할 수가 없다. 대타가 불가능하다. 또한 몸은 희로애락애오욕이 질펀하게 소용돌이치는 현장이다. 몸이 없으면 생을 영위하지 못하듯, 몸이 있으면 그 감정의 소용돌이를 피해 갈 수 없는 노릇이다. 이 역시 대신이 불가능하다.

우리는 웃기도 하지만 울기도 한다. 웃음이 얼굴에 잠시 비치는 밝은 빛이라면 울음은 구체적인 물질을 동반하는 그늘이다. 희로애락애오욕의 감정을 모두 그러모아 눈물을 흘리는 것이다. 그러니 우리가 울 때 눈에서 떨어지는 한 방울의 눈물은 내 가슴 깊숙이 도사리고 있던 저 일곱 가지의 감정을 짊어지고 나오는 보따리라고 해도 될 것이다.

한 번 더 말해 본다. 우리는 울 때 눈물을 내보낸다. 울고 나서 감정이 깨끗해지고 기분이 조금 진정되고 무언가 정화되는 느낌을 갖기도 한다. 내보낸 눈물만큼 무게가 가벼워진 탓도 있겠지만 그보다 눈물이라는 보따리가 그 일곱 가지의 감정을 몸에서 데리고 나왔기 때문이 아닐까. 그러니 눈물을 물렁물렁한 보따리라고 불러도 좋을 것이다.

종종 산에 가서 송창식의 「선운사」를 흥얼거리기도 한다. 노래는 동백꽃을 일러 "눈물처럼 후드득 지는 그 꽃"이라 했다. 동백나무는 제가 가진 모든 서러움과 고난의 시절을 담아 절정처럼 꽃을 뽑아내 놓았다가 보따리처럼 아래로 툭 무심하게 던진다. 나무나 사람이나 무엇이 다를까.

어머니 떠나고 얼마지않아 큰형님의 호출을 받았다. 어머니 방을 정리하다가 나온 유품이 있으니 한번 보라는 말씀이었다. 나에게 몸을 주신 어머니를 잃고도 사실 눈물이 그다지 많이 나오지를 않아서 큰 불효를 짓는 기분이었음을 주위에 고백한 적이 있다. 뒤늦은 후회였을까. 어머니 거처하던 방에 들어서니 비로소 눈물이, 눈물이 왈칵왈칵 쏟아졌다.

형님의 허락을 얻어 시계와 반지, 안경을 수습했다. 먼저 안경을 써 보았다. 당신 말년의 흐릿한 세상이 어지럽게 비쳤다. 눈을 몇 번 부비고 보았지만 흐릿함이 더할 뿐이었다. 언젠가 인왕산을 드나든 소회를 묶은 나의 첫 책을 드렸다. 어머니는 각종 연속극과 「가요무대」를 빼놓지 않고 챙겨 보는 틈틈이 이 안경 너머로 꽤 두툼한 그 책을 읽어내셨다. 안경알이야 그럴 수 없다 하더라도 안경테는 내 돋보기로 언젠가 활용해야겠다고 마음을 먹었다.

시계는 용을 써 보아도 내 손을 통과하지 못했다. 어머니의 손목이 그만큼 가늘었기 때문이었다. 언젠가 "야야, 내 손목시계 하나 사도." 하시기에, 일본 출장길에 하나 사 드린 적도 있는 것 같은데 이 시계는 분명 그 시계가 아닌 것 같았다. 아마 그리 좋은 시계를 사다 드리지 못해서 그랬던가 보다. 주인 잃은 시계들은 모두 멈췄다. 하나는 일곱시 사십사분, 하나는 세시 이분을 가리키고 있는 중이었다.

어머니의 저 반지는 내가 사다 드린 게 확실히 맞다. 대만으로 출장 갔다가 구한 호박 반지였다. 무슨 할 말을 아끼고 있는 듯한 반지를 껴 보았더니 내 새끼손가락의 첫째 마디에 겨우 걸렸다. 반지란, 반지 자체는 물론 그 안팎의 허공을 포함하는 말이다. 얼마 전까지 생시의 어머니가 꼈던 반지에 내 손가락을 넣었으니 이제

이 반지를 중심으로 시공간을 넘어 나와 어머니가 포개진 것일까.

그리고 또 하나 알록달록한 가방이 있었다. 아내가 옆에서 생각난 듯 거들었다. "아, 저건 우리 집에 오셨을 때 사 드린 것인데…. 얼마나 좋아하셨다고요." 어머니가 점점 화려한 물건을 좋아하는 것은 나도 짐작하는 바였다. 나이가 점점 들수록 어머니가 소녀 시절의 취향으로 회귀하신다고 나는 이해했다. 내용물을 전혀 짐작할 수 없던 가방을 열어 보고 나는 깜짝 놀라고야 말았다.

어머니의 가방에서 나온 건 형형색색의 다종다양한 보자기였다. 그 무엇을 감쌌던 것이 틀림없을 보자기, 보자기, 보자기들. 짐작건대 일가친척으로부터 무슨 좋은 날에 받은 선물 꾸러미를 포장했던 것 같았다. 보따리를 받은 그날, 아마도 모두들 둥그렇게 둘러앉아 보따리를 풀어 그 내용물을 나눠 먹고, 또 어떤 것은 며느리한테 주고, 그리고 또 어떤 것은 당신의 서랍으로 옮기기도 했을 것이다.

혹 편지나 책, 연하장을 받고 내용물을 꺼낸 뒤 봉투를 확인한 적이 있는가. 무거움이 빠져나간 뒤 홀쭉해진 봉투, 그 쓸쓸한 빈 봉투의 안을 들춰 본 적이 있는가. 주소와 도장, 혹은 우표나 등기 표시 등으로 바깥은 얼룩지고 더러워진 봉투지만 그 안은 한없이 깨끗하다. 봉투 안에는 서늘한 침묵이 도사리고 있다. 흰 종이가 품고 있는 흰 침묵이다. 그래서 함부로 찢거나 버릴 수가 없어 한동안 보관하게 된다.

혹 어머니는 그런 마음이 아니었을까. 방문객이 찾아와 함께 나눈 떠들썩한 시간이 지나가고, 이제 너희들끼리 재미있는 시간 보내거라, 손아래 사람들의 시간을 마련해 주면서 혼자 방으로 들어온 어머니. 창문 한번 열어 환기도 하고, 먼저 가신 아버지의 사진도 한번 쳐다보고, 방바닥을 쓸며 머리카락도 줍고, 먼지 하나 쓰레기통에 넣고, 그러면서 빈 보자기를 곱게 개서 챙겨 놓은 것일 게다.

시계와 안경, 반지를 어머니의 보자기에 싸다가 보자기에 관한 회심의 용도가 떠올랐다. 보자기 하나하나를 잇대어 바느질하면 근사한 홑이불을 만들 수 있겠다는 생각이 든 것이다. 모양이야 조금 들쭉날쭉하겠지만 그 얼마나 알록달록한 이불이겠는가.

어머니가 남긴 보자기로 만든 홑이불. 그 홑이불 덮고 누우면 어떤 기분일까. 작은 선물들을 담던 보자기는 이제 나를 싸는 홑이불로 변신하겠다. 어머니 체취가 잔뜩 밴 홑이불은 나를 보따리처럼 싸서 어머니 만나는 꿈속으로 데려가겠지. 그 생각에 어서 여름이 오기를 기다리고 있다.

　　물푸레나무
"낙엽 지는 넓은 잎의 큰키나무. 꽃은 오월에 새 가지 끝에 피고
열매는 구월에 익으며 물속에 넣은 가지가 물을 푸르게 만든다
하여 물푸레라 한다." 단풍이 절정인 설악산 비선대에서 반질반질
닳은 돌계단을 내려오는 길이었다. 좌우의 울창한 나무들이
이름표를 달고 있었다. 그중 물푸레나무에는 저런 설명문이 붙은
채였다.

　　하늘에 계신 누군가가 흰 머리카락을 치렁치렁 풀어내듯
보슬비 내리는 날이면, 길을 잃고 논에 들어온 미꾸라지를 잡아
추어탕을 먹기도 했다. 호박잎 넣고 끓인 고디국(다슬기국)은
물푸레보다도 더 푸르렀다. 세상의 고요가 한층 납작하게
드리워진 이런 날이면 피감자를 먹기도 했다. 우산을 어깨에 걸친
채 혼자서 펌프로 물을 자아올려 감자를 씻던 누이의 뒷모습. 어린
시절의 이야기이다.

　　이젠 고향에 가도 그때의 그 별미를 찾을 수가 없다.
그런 그리움이 혀끝에 고이면 경복궁역 근처 금천교시장 안
체부동잔치집으로 간다. 각종 전과 면을 잘 빚어내는 곳. 내가
식물의 뿌리들 곁으로 가야 할 날을 어슴푸레 짐작해 보기도 하는
최근의 이야기이다.

　　체부동잔치집. 밀가루로 요리하는 분식집이야 허다하지만
비 오는 날이면 이 식당을 굳이 찾는 까닭이 따로 있다. 그곳의
주인 아지매가 언젠가 케이비에스 텔레비전 프로그램「낭독의
발견」에 출연해 빗소리를 배경음악으로 깔고 오규원의「한 잎의

여자」 연작시 중 첫 시를 낭송했다. "나는 한 여자를 사랑했네 /
물푸레나무 한 잎같이 쬐그만 여자 / 그 한 잎의 여자를 사랑했네 /
물푸레나무 그 한 잎의 솜털 / (⋯) / 물푸레나무 그림자 같은 슬픈
여자."

　　단풍이 어디에서 왔다가 어디로 가는지 똑똑히는 모르겠지만
물의 행방은 그런대로 알 것도 같다. 그때처럼 비가 오는 오늘,
체부동잔치집에서 물푸레나무 같은 아지매에게 손수제비를
주문해 놓고 물 한 모금을 마시면서 생각해 본다. 물은 하늘에서
와서 나나 나무로 잠시 꼴을 갖추어 서성거리고 흔들리다가
종내에는 하늘로 돌아가는 것!

　　물푸레나무, 물푸레나무과의 낙엽 교목.

　　상수리나무

서울의 서촌에서 파주출판도시로 어렵사리 사무실을 옮겼다.
궁리출판의 든든한 후원자가 인왕산에서 심학산으로 바뀐 셈이다.
공기가 달라지고 구름이 바뀐 것도 좋지만 무언가 툭 떨어지는
기척이 퇴근 시간을 알려 준다는 점이 좋다. 심산유곡深山幽谷의
골짜기만이 그런 소리를 독점하는 건 아닌 듯 사무실 바깥
가로수인 상수리나무가 제 익은 열매를 아스팔트로 툭, 툭, 툭
던지는 것이다.

　　새로운 공간이 물어다 줄 참신한 기획과 뜻밖의 아이디어를
기대하면서 짐을 정리하고 겨우 정신을 수습하던 중 다람쥐 대신
도토리를 노리는 사람들이 의외로 많다는 사실을 알게 되었다.
나도 그 옛날 시골에서 감나무의 꽃을 주우러 새벽부터 돌아다닌
적이 있었다. 그처럼 여기서도 아침 일찍 출근하듯 거리를

돌아다니는 자들이 있다. 그것까지는 좋은데 어떤 이들은 나무를
흔드는 것으로도 모자라서 발로 뻥뻥 차기도 한다. 가지가 붙들고
있는 도토리를 억지로라도 기어코 빼앗겠다는 심보였다. 알맹이를
잃은 도토리 껍질들만 나뒹구는 스산한 풍경을 보다가 곧장
지리산 아래 한 계곡으로 생각이 달려갔다.

　　이태 전의 일이다. 무겁게 눈을 인 산으로 나무 공부를 하러
갔다. 지게를 지지 않았을 뿐 겨울 산에서도 건지고 캘 것은
카메라가 불룩해졌다는 착각이 들 만큼 많다. 높은 곳을 피해
골짜기를 중심으로 인적 드문 고개를 훑었다. 계절이 계절이니만큼
꽃이나 잎이 아닌 나무의 특징을 공부할 기회였다. 식물 분류의
기본인 생식 기관으로서의 꽃 말고도 엽흔이나 겨울눈을 관찰하다
보면 그 또한 하나의 세계라는 것을 알고 탄복하게 된다.

　　어릴 적 눈에 익은 닥나무와 뽕나무도 반갑게 만났지만
그보다 더 살가운 건 밤나무였다. 밤나무 아래에 작년의 열매인
밤송이가 어지러이 흩어져 있었다. 밤송이는 모두 뒤집혀 있었다.
사람들의 눈을 피하지 못해 알맹이가 고스란히 털린 것이다.
어쩌다 드물게 고슴도치처럼 엎드린 밤송이가 있었다. 그것은
썩어 가는 밤이었다. 개미나 벌레가 뒤집기에는 너무 큰 밤송이.
사람의 손을 타지 않는 건 모두 그런 자세를 하고 있는 것 같았다.
아마도 이 자리에서는 올봄에 밤나무 새싹이 돋아나리라. 혹
밤송이는 떨어질 때 알밤을 보호하기 위해서 정수리 쪽으로
엎드려 낙하라도 하는 것이 아닐까. 모성애나 부성애가 어디 동물
세계에서만의 일이랴.

　　지금 막 떨어져 구르는 도토리 하나를 주우면서 밤나무와
밤송이의 관계에 대해서도 생각해 보는 저녁.

　　상수리나무, 참나무과의 낙엽 교목.

마가목

흐드러진 단풍을 본다. 목석같은 나의 몸도 감탄하는 재주는
가지고 있구나. 자연의 화장술에 탄복하다 보면 어느새 정상이다.
시선을 앞으로 당기면 단풍만큼 붉은 열매가 보인다. 웬만한 산의
정상이라면 빠지지 않는 마가목의 열매다. 그 나무는 나의 기억을
곧장 울릉도로 데리고 갔다.

　꽃 공부에 입문하고 처음으로 간 울릉도. 성인봉 아래의
나리분지에서 하룻밤을 자고 추산마을로 내려와 등대가 있는
태하까지 우산于山 버스를 이용했다. 버스에는 할머니 몇 분이 타고
있었다. 고요하던 버스는 우리 일행이 타자마자 시골 장터처럼
금방 와자지껄한 만원 버스가 되어 버렸다. 기사는 친절했고
승객들은 따뜻했다. 무거운 배낭을 선뜻 받아 주신 할머니가
우리의 정체를 파악하고 차창 밖을 가리키며 던지는 말씀. "저
가로수가 다 마가목인데 열매가 관절에 그리 좋아요." 나의 무릎은
몹시 부실하다. 등산할 때는 그런대로 견디지만 하산할 때에는
애를 먹는다. 그래서 그랬나. 잘 외워지지 않는 나무 이름들
가운데서 마가목은 금방 기억에 남았다.

　이튿날, 와달리 옛길을 빠져나와 내수전 전망대에 서니
울릉도의 한쪽 면과 그 앞바다가 한눈에 들어왔다. 도동항과
저동항이 보이고 관음도, 죽도, 성인봉이 바다에 혹은 하늘에
시퍼렇게 떠 있었다. 내 눈은 이렇게 멀리 있는 풍경을 좋아한다.
반면 시큰한 내 무릎이 찾는 경치는 더욱 가까이에 있다. 전망대
근처에서 몹시 심하게 부는 바람을 따라 마가목 한 그루가
휘청휘청 부러질 듯 흔들리고 있는 게 아니겠는가. 나는 단박에
깨달았다. 어제 버스에서 뵌 할머니가 그냥 함부로 말씀하신
게 아니었다. 낭창낭창 마구 흔들리는 마가목은 지금 온 몸을

동원하여 관절에 좋을 수밖에 없는 성분을 생산하고 있다는 것을.

어제 버스의 할머니는 헤어질 때 이런 말씀도 주셨더랬다.
"마가목 열매 따러 또 와!" 어김없이 가을은 오고 열매는
익었건만 때를 맞추어 울릉도에 가진 못했다. 어느 식물도감에는
마가목의 용도가 아예 지팡이용으로 적시되어 있다. 앞으로 몇
번을 더 울릉도에 갈 수 있을까. 지팡이에 의지하기 전에 거리마저
붉게 물든 가을 울릉도에 가서 마가목 열매 기운을 흠뻑 쐴 수
있다면 좋으련만.

마가목, 장미과의 낙엽 교목.

초피나무

어느덧 벌초의 계절이다. 벌초란 추석이 되기 전 조상의 산소에
자란 풀을 베고 묘 주위를 정리하는 세시풍속을 말한다. 웬만하면
팔십 년을 거뜬히 사는 우리들에 비해 고작 한해살이, 두해살이
또는 여러해살이 풀들의 삶은 그 얼마나 치열하고 집약적인가.
해마다 찾아가면 그새 무덤을 뒤덮은 풀들의 성장이 놀랍기만
하다. 풀 하나 베는 것을 두고 적을 정벌하듯 벌초伐草라고 하는 건
이런 까닭인 것이다.

올해도 고향의 큰집은 형제들과 조카들로 꾸려진 대규모
벌초단으로 북적거렸다. 밤늦도록 마당에 앉아 돼지고기를 구우며
한 해의 안부를 주고받는 일가친척들. 다음 날엔 모두들 무성한
풀들과 한바탕 씨름하면서도 가마솥에서 끓고 있을 어탕국수에
은근히 마음을 빼앗겼다. 모처럼 고향을 찾은 동생들을 위해
시골의 형님이 동네 앞 개울에서 살이 통통히 오른 물고기를 미리
잡아 놓았던 것이다. 벌초하는 내내 형수님이 끓여내는 별미를

먹을 기대에 입맛을 다셨다.

땀을 뻘뻘 흘리며 맛있게 먹는 고향의 어탕국수. 고향에
가서야 비로소 제대로 된 것을 입에 넣을 수 있는 그 어탕국수의
맛을 완성하는 향신료가 있다. 바로 초피나무 열매 가루이다. 쥐눈
같은 까만 열매의 속을 제거하고 그 껍질을 그늘에 말려 빻으면
독특한 향을 낸다. 나의 고향에서는 제피 가루라고도 하는 것.
나무를 의식하고 산으로 들어갔을 때, 누가 가르쳐 주지 않아도
향기만으로 알아볼 수 있었던 나무가 바로 초피나무였다.

벌초란 산소 주위의 풀을 제거하는 것이지만 결국은 풀에
가려진 이름을 찾는 행위이기도 하다. 예초기를 가지고 풀을
쓰러뜨리고 눈에 거슬리는 나무를 전지한 지 몇 분 만에 무덤이
본모습을 찾았다. 무덤의 주인과 무덤을 세운 후손의 이름이 햇빛
아래 드러났다. 부모님 산소의 상석에 있는 나의 이름은 너무도
생생해서, 지금 너는 잘 살고 있느냐, 묻는 것 같다.

마당은 깊다. 집에서도 가장 오래된 장소이다. 안방만큼이나
많은 일들이 벌어진 현장이다. 새끼줄처럼 둥글게 둘러앉아 온
식구들이 어탕국수 잔치를 벌였다. 벌초 마치고 땀을 흘린 뒤
초피 가루로 완성한 뜨거운 국물은 세상에 다시없을 맛이었다. 그
각별한 맛을 따라 연달아 떠오르는 게 있었다. 어제와 오늘에 걸쳐
내 몸을 통과해 나간 물고기, 간밤에 구워 먹은 돼지고기, 무덤의
상석에 새겨진 이름들, 그리고 초피나무의 향기.

초피나무, 운향과의 낙엽 관목.

등칡
달력 한 장 넘겼다고 금세 다른 시간의 골짜기로 들어가게 되었나

보다. 매미 소리도 뚝 끊겼다. 아무리 발버둥을 쳐도 내 생전에 올해의 매미 소리를 다시 들을 수는 없다. 내년의 매미를 믿고 무심히 지나치려 해봤지만, 한해살이 매미에게는 그게 아닐 것이다. 몹시도 애절한 울음의 여운만 남기고 종적을 감췄다. 해마다 되풀이되는 자연의 흐름이지만 올해 유독 그런 심사가 느껴지는 건 무슨 까닭일까.

경기도에서 가장 높은 화악산에 가는 길이었다. 입구에서부터 일행의 한마디에 귀가 번쩍 뜨였다. "저기 바나나 좀 보세요!" 노안 탓인가. 소리는 확실한데 얼른 바나나가 눈에 들어오지 않았다. 밑에서부터 줄기를 짚어 나가자 과연 바나나 모양의 등칡 열매였다. 풍성한 나뭇잎의 호위를 받으며 허공에 달린 열매를 보는데 몇 해 전의 일이 생각났다.

정선의 각희산 기슭을 오르다가 전망 좋은 길목에서 등칡의 꽃을 만났다. 꽃이라고 했지만 수술과 암술, 꽃잎을 따질 계제가 아니었다. 그것은 일반적인 꽃의 범주를 훨씬 벗어난 생김새로 공중에 대롱대롱 달려 있었다. 은은한 향기도 좋았지만 입구에 구멍이 뻥 뚫려 있어 색소폰 같기도 한 꽃. 어쩐지 그게 내 눈에는 시골에서 물고기 잡을 때 사용하던 어항처럼 보였다. 입구가 잘록한 어항 안에는 물로 갠 깻묵을 놓았었다. 그 깻묵의 고소함이 물고기에게는 죽음의 향기였다. 물고기가 어항에 한번 들어가면 잘록한 입구로 다시는 빠져나올 수 없듯 등칡의 꽃 속에는 어김없이 순진한 곤충들의 잔해가 있었다. 아차, 꽃향기에 취했다가 맞이한 최후였다.

금방이라도 안개가 퍼져 나올 듯한 덤불을 배경으로 바나나 같은 열매를 본다. 물에서 물고기를 발견하는 것만큼이나 안갯속에서 열매를 찾아내는 건 신기한 일이다. 이 가느다란 칡의

줄기 끝에 다다르면 무궁한 자연 속에서는 열매도 나도 혼자라는,
둘 사이의 연결고리를 찾아낼 수 있을까.

어제, 오늘, 내일로 이어지는 시간의 기슭에서 눈앞의 순간은
늘 안갯속이다. 아무리 등칡이 꽃을 꼬부려 시간의 흐름을 막으려
해 보았지만 소용없는 일이었나 보다. 꽃이 지고 열매가 왔다. 오늘
화악산에서 보기로 한 목록에 등칡은 없었다. 아무려나, 우리는
각자 등을 돌리고 안갯속을 거슬러, 안개에 대항하며 화악산의
깊은 골짜기로 들어갔다.

등칡, 쥐방울덩굴과의 덩굴성 나무.

전나무

몇 해 전, 합천 해인사에서 큰스님의 다비식이 거행되었다. 직접 가
볼 엄두는 내지 못하고 화면으로만 눈여겨보았다. 존재의 뚜껑을
열듯 고무신을 벗고 누운 자세로 발을 환히 드러내 보이는 큰스님.
최대한 많이 땅과 접촉하는 자세로 최대한의 이승을 받아들이고
있었다. 얼굴보다는 발바닥을 앞장세우고 먼 길 떠나는 중이었다.

분열과 증오, 조롱과 선동으로 얼룩지던 뉴스의 홍수 속에서
쿵, 나무가 쓰러지는 소리를 들었다. 뜻밖의 가을 태풍 링링에
해인사 장경각 앞의 학사대 전나무가 쓰러졌다는 소식이었다. 그
놀라운 뉴스를 듣고도 며칠간 아무렇지 않게 지냈다. 하마터면
그냥 지나갈 뻔했다가 쓰러진 나무를 다시 떠오르도록 해 준 건
링링에 이어 불어닥친 태풍급의 큰 비바람이었다. 마음이 흉흉한
탓인가. 어쩌자고 나는 이웃집 할머니의 늙어 가는 얼굴에는
무심하고 태풍급의 사고에만 이렇게 반응하는가.

합천은 내 고향 거창에서 뒤로 자빠지면 뒤꼭지가 깨질 만큼

가까운 동네다. 동네 어른들은 추수 끝낸 마을여행, 대성중학교 형들은 수학여행으로 해인사를 갔었다. 꼬맹이였던 내가 최치원이 죽기 직전 지팡이를 거꾸로 꽂았더니 그게 나무로 자랐다고 하는 전설을 들은 것도 그때였다. 바로 그 전나무가 쿵, 쓰러진 것이다. 최치원 지팡이의 자손쯤 되는 수령 이백오십 년의 나무라고 했다.

전나무의 행방을 찾다가 현장 사진을 보았다. 밑동이 부러진 전나무는 가운데가 움푹 꺼진 채 커다란 허공을 부둥켜안고 있었다. 스님의 몸에서 사리가 나오듯 나무 안에서 큰 구멍이 난 것이다. 다음 나라에 가는 데 필요한 여권처럼 나이테도 환히 드러났다. 해인사 스님들은 나무들 세계에서 큰스님에 속할 전나무의 넋을 위로하는 추모제를 봉행했다. 문화재청은 뿌리를 보존하고 후계목을 심어 후사를 잇기 위한 대책을 강구 중이라고 했다. 아, 고맙고 다행이다.

사람이든 사물이든 언젠가 지하에서 뒤섞여 서로 하나가 된다. "창밖 비 내리는 한밤중, 등불 앞 머나먼 고향 생각窓外三更雨 燈前萬里心"의 울적한 심사를 읊던 「추야우중秋夜雨中」의 최치원. 선생은 지음知音보다 짙고 혈육보다 끈끈했던 생전의 지팡이와 해후하며 또 어떤 시상에 잠길까.

전나무, 소나무과의 상록 교목.

청미래덩굴

을미년 마지막 산행지는 경북 상주의 황금산이었다. 며칠 전 내린 비의 밧줄을 타고 공중의 먼지들이 모두 내려앉았다. 고개 들어 오래 앞을 바라보면 언젠가 모두 걸어가야 하는 쓸쓸한 그 길이 희미하게 보일 듯 아주 깨끗한 하늘!

가을이 저물고 있는 들판을 가로질러 산으로 가는데, 뭉클한 기억 하나가 떠올랐다. 이곳은 어디인가. 몇 해 전 어머니에게 가져다 드린 산딸기를 딴 곳이 바로 이 산의 정상 아니던가. 그사이 계절은 순서를 맞춰 다녀갔고 우리는 어김없이 그만큼 늙었다. 그땐 무더운 땡볕이었는데 오늘은 찬 기운이 시작된다는 한로寒露 다음 날. 변화는 그것 말고도 있었다. 그때 황금산에서 딴 산딸기를 잡수시고 먼 고향 하늘을 그리워했던 어머니는 흐르는 세월을 이기지 못하고 지금 몹시 아프시다.

황금산을 헤매는 동안 병석에 계신 어머니와 산딸기 생각에서 벗어날 수가 없었다. 벼가 익어 고개를 숙인 황금 들판을 지나 본격적으로 산으로 들어가는데 빨간 열매가 보였다. 산딸기인가 했더니 찔레꽃 열매였다. 포도 같은 열매가 있어 다시 살펴보니 댕댕이덩굴이었다. 멀리서 꼭 딸기만 한 크기의 빨간 열매가 나타났다. 이번에는 진짜 산딸기일까?

그것은 청미래덩굴이었다. 이 나무는 사실 흔해서 어느 산에 가더라도 쉽게 만날 수 있다. 가을이 완전히 겨울로 기울어 꽃과 열매가 모두 사라져도 혼자 빨갛게 남아 허전한 이들의 시선을 받아 주는 나무이다. 윤기가 반드르르한 잎은 향기도 좋아서 망개떡을 싸는 데 쓰이기도 한다. 임도를 오르는데 산딸기를 대신해서 그 열매가 계속 나를 따라왔다.

몇 굽이를 돌아 정상에 올랐다. 어머니께 드린 산딸기는 아마 이 근처에서 딴 딸기였을 것이다. 알알이 뭉쳐 있는 청미래덩굴의 열매 하나를 따서 딸기 먹듯 입에 넣었다. 물기가 빠져나간 퍼석한 느낌이었다. 처음엔 밍밍하더니 나중엔 쓴맛이 입안을 찔러 왔다. 휴일의 긴 오후를 심심하게 견디고 있을 어머니는, 지금 어느 창천에 마음을 얹어 놓고 있을까. 청미래덩굴의 열매는 과육 안에

네 개의 씨앗을 품고 있었다. 사리 같은 네 개의 그것을 손바닥에
뱉어내면서 쓴맛, 인생살이의 그 씁쓸한 맛을 오래 음미해 보았다.

청미래덩굴, 청미래덩굴과의 낙엽성 덩굴나무.

담쟁이덩굴

울적할 때 『논어』를 읽는다. 최근에는 집중해서 필사도 했다.
쌀가마니를 기웃거리는 생쥐처럼 손에 잡았다가 갉작거리기만
했던 게 여러 번이었다. 그러던 차에 어떤 깊은 자극을 받아
작심하고 덤벼들었다. 『논어』의 마지막 문장은 "부지언
무이지인야不知言 無以知人也. 말을 알지 못하면 사람을 알지
못한다"이다. 왜 '말'로 마무리를 했을까. 붓을 놓고 '言'을 한참
들여다 보았다. 네모난 돌 위에 솔잎을 쌓아 금방이라도 무너질
듯 위험한 글자. 문득 말을 바탕으로 늘 살아가면서도 이 글자를
제대로 살피지 못했다는 생각이 들었다.

『논어』에는 말에 관해 이런 문장도 있다. "고자언지불출
치궁지불체야古者言之不出 恥躬之不逮也. 옛사람들은 함부로
말문을 열지 않았다. 말한 바를 몸소 실천하기가 어려워 이를
부끄러워했기 때문이다." 말하자면 한번 바깥으로 발설된 말은
세상 속으로 말처럼 달아나서 이를 다시 체포하기가 몹시도
어렵다는 뜻이겠다.

대학에 갔는데 출석부 순서가 이름의 가나다순이었다. 조상이
순서를 정해 준 셈이다. 자연스레 같은 실험조가 되면서 가깝게
지낸 친구들이 있다. 성만 표기해 본다. 李(이), 田(전), 鄭(정)1,
鄭(정)2, 崔(최). 졸업 이후 서로 연락이 뜸한 채 이곳저곳에서
흩어져 살다가 모처럼 통기해 중간 지대인 예천에서 모였다.

이름과 목소리는 그대로인데 얼굴은 다들 조금씩 변했다. 다음
날 田과 鄭1이 먼저 떠나고 李, 鄭2, 崔와 치악산 아래 원주의
박경리문학공원을 둘러보기로 했다. "작가는 치열하게 언어를
찾는 존재입니다." "책상 하나, 원고지, 펜 하나가 나를 지탱하여
주었고 사마천을 생각하며 살았다." 군데군데 배치된 작가의
말을 읽으며 돌아다니는데 맞춤하게도 어느 돌담길에 걸린 「눈먼
말」이라는 시 제목에 눈이 번쩍 뜨였다. 자연스레 『논어』의 마지막
구절이 떠올랐다. 시의 내용을 보니 言(말)이 아니라 馬(말)에
관한 것이었다. 시를 소개하는 입간판 뒤로 담쟁이덩굴이
빽빽하게 담 너머로 달아나고 있었다.

　　담쟁이덩굴을 모르는 이 어디 있겠나. 벽 따위는 가볍게
뛰어넘는 담쟁이덩굴에 대해서라면 누구든 많은 말을 할 수 있을
것이다. 오늘 내가 주목한 건 담쟁이덩굴의 까칠한 잎이었다. 그
잎이 마치 나무의 혀처럼 보이지 않겠는가. 잎은 바람과 살랑살랑
호흡을 맞출 때마다 무슨 말을 하고 있는데 내게는 그걸 알아들을
귀가 없다는 것 아니겠는가. 추석 귀성객이 뭉텅 빠져나간
원주시의 훌빈해진 공원을 지키며 홀로 아우성을 치는 듯한
담쟁이덩굴.

　　담쟁이덩굴, 포도과의 낙엽 덩굴성 나무.

　　참회나무
세상의 모든 상賞은 두 종류로 나눌 수 있을 것이다. 개근상과
기타의 상. 전자가 자신이 자신으로부터 받는 상이라면 나머지는
심사 위원들이 결정한다는 점에서 그 차이가 있다. 그러니 기타의
상들은 받는 게 아니라 실은 주는 것이라고 해야 옳을 것이다.

그렇게도 국가적으로 목을 매건만 올해도 우리나라를 비켜 나간 노벨상의 뉴스에 이런저런 시답지 않은 생각을 얹어 놓기도 하면서 문경의 조령산에 올랐다.

세상은 너무 시끄러웠다. 텔레비전을 켜면 인문학의 교훈들이 쏟아져 나온다. 도시는 아주 복잡했다. 횡단보도 하나를 건너도 다리에 걸리적거리는 각종 법규와 지시 사항들이 차고 넘친다. 아는 자는 말하지 않고, 말하는 자는 알지 못한다고 노자는 말했다. 좋은 말도 많이 하면 좋은 게 아니다. 위험한 도로일수록 표지판이 많은 법이다.

신생新生의 연두색 잎들이 엊그제 같더니 어느새 벌써 붉은 단풍의 계절이다. 한 해 끝에 잎에서 벌어지는 잔치. 그간 무성하되 무심했던 잎이었다. 지금 꽃이 색을 죽이고 열매가 뒤로 물러나는 건 잎에게 쏠리는 시선을 빼앗지 않겠다는 배려일 것이다. 순서에 따라 이제는 잎들이 주인공이다.

널찍한 임도를 벗어나 문경 조령산의 신선암봉으로 가는 가파른 길을 더위잡고 나니 산의 높이와 깊이를 제대로 느낄 수 있었다. 따로 주어가 필요 없는 문장도 하나 건졌다. 이 산을 먼저 오른 선배 등산객들이 뒤에 오는 분들이 갈림길에서 헤매지 않도록 배려하는 리본을 달아 놓은 것이다. 산에 다닐수록 산이 더 좋아지는 경지에 오른 분이 전국에 많이 있는 듯 이미 여러 곳에서 만난 문장이다. '산에 사네.'

오늘 내 눈을 특히 사로잡는 건 투신하듯 일제히 아래로 향하고 있는 나무의 열매였다. 여름에는 꽃다발을 한 아름 안고 있더니 이제는 부상副賞처럼 열매를 주렁주렁 달고 있다. 가을을 맞이하는 지금 나의 심사에도 꼭 알맞은 이 나무의 이름은 참회나무.

가장자리가 꿀렁꿀렁 물결 같은 잎은 대칭이고, 짙은
자주색의 열매는 다섯 조각으로 나뉜다. 잎이든 꽃이든 열매든
모두가 쩨쩨함 없이 최선을 다해 활황活況하게 피어나는 참회나무.
사계절 내내 산에서 개근하고 있는 나무들만큼 성실한 게 또
있을까. 자칫 감당하기 어려운 스산함에 잠길 수도 있는 가을의
끝에서 아연 활기를 한 움큼 선물해 주는 참회나무.

참회나무, 노박덩굴과의 낙엽 관목.

겨우살이

식물에 꽂힌 뒤로 무엇이든 꽃이나 나무와 엮으려는 심사가
발동했으니, 열화당이 서울 성북동 문화공간 17717에서 마련한
「매화와 붓꽃―근원 김용준과 존 버거의 글 그림」전에 가서도
그 버릇을 버리지 못했다. 정유년 타계 오십 주기를 맞은 근원
김용준과 올해 초 타계한 존 버거의 공통점은 적지 않으니, 시공을
달리한 두 예술가의 식물을 보는 눈이 범상치 않았다는 것도
추가할 수 있으리라.

작게 소리내어 읽으면 달그락거리는 문장들과, 감상하는 동안
허벅지를 도화지 삼아 손가락으로 따라 그려 보게 되는 고아한
그림들. 조금도 헛되게 흘려 보내지 않고 그대로 마음에 담으려고
노력했다. 진달래, 수선화, 노시老枾 등의 이름을 필기하다가
한쪽에서 상영되는 존 버거의 추모 영상을 보았다. 연초에 본 인상
깊은 사진집,『존 버거의 초상』에서 만난 그 사진이 혹 있을까.
안개 낀 눈길에서 출판사 편집자 출신의 아내와 그 뒤를 따르는
존 버거의 뒷모습을 찍은 사진이었다. 아, 내가 내심 기대했던
그 사진이 있었다. 「존 버거의 장례식 풍경과 추모의 글」이라는

제목의 슬라이드 영상 중간쯤에 그 사진이 나온다. 책에 실린 사진에는 이런 설명문이 붙어 있었다. "1976년. 새해맞이 장식물로 쓸 겨우살이를 든 베벌리와 클루아제 농장을 산책하는 존."

겨우살이는 멀리서 보아도 특징이 확 드러난다. 우리나라 산에만 많은 줄 알았더니 몽블랑에도 많은가 보다. 사진으로 보는 스위스산 겨우살이는 한국산 겨우살이와 그 기품이 비슷해 보였다. 잎이 떨어져 헐거워진 산에서 특히 잘 보이는 겨우살이는 그 모양만큼이나 생활사도 독특하다. 얼핏 보면 꼭 새의 둥지 같은 겨우살이는 독립된 생활을 하지 못하고 나무에 더부살이로 기생한다.

그간의 산행에서 자주 보았지만 가장 인상 깊게 본 건 어느 해 어머니 모시고 벌초하러 고향 가는 길에 무주 적상산에 들러 본 것이다. 꼬불꼬불한 산길을 올라갔더니 정상에 발전소, 안국사, 조선왕조실록 사고史庫 유적지가 있었다. 덕유산 국립공원의 일원으로 함부로 훼손되지 않은 덕분에 풍성하게 자란 겨우살이가 엄청나게 많았다. 어머니는 단풍에, 나는 겨우살이에 푹 빠졌던 선명한 기억.

전시장을 나와 지난날을 더듬는데 겨우살이의 기억이 계속 따라왔다. 나무에 기대고 새의 몸을 빌려 종자를 퍼뜨리는 겨우살이야. 어쩌면 겨우 존재하는 것들을 상징이라도 하는 듯한 겨우살이야. 네 덕에 어느 소박한 전시회의 후기로 작년에 나무 밑으로 돌아가신 내 어머니도 등장하는 이 한 편의 글을 완성할 수 있었구나.

겨우살이, 단향과의 상록 기생 관목.

갈매나무

오고 가는 여행길에 스치는 동대구역이다. 요즘처럼 고속도로가
발달하지 않았을 때, 부산에서 내 고향인 거창으로 가려면 꼭
거쳐야 하는 대구였다. 방학 때마다 시골을 다닌 덕분에 이
고장에 쌓인 추억도 제법 된다. 일찍이 대구에 자리를 잡은 고향
분들과 친구들도 많다. 하지만 이들도 이내 강력한 기억 하나에
밀려나고 만다. 아주 오래전 논산 훈련소를 떠나 초라한 이등병의
신분으로 첫새벽의 동대구역에 도착했던 기억이다. 그때의 희붐한
새벽 공기 냄새가 지금도 그 역에 남아 있는 것만 같다. 오늘은
동·대구역에 직접 내렸다. 달성군의 최정산으로 꽃산행을 간다.
초행인 줄 알았는데 교통 표지판을 보다가 퍼뜩 알아차렸다.
여기는 군대 시절 입에 단내 나도록 훈련 받던 가창 유격장이 있던
곳이 아닌가.

이렇다 할 꽃이 없는 줄로 미리 짐작했기에 임도를 따라
걸었다. 그냥 싱겁게 마무리를 하는가 싶었는데, 호쾌하게 사방이
툭 트인 능선 가운데 강한 바람을 맞으며 외로이 서 있는 나무에
눈이 번쩍 뜨였다. 먼저 알아본 꽃동무의 외침이 귓전에 닿는 순간
더욱 눈이 휘둥그레졌다.

나무를 두고 우열을 따질 수야 없겠지만 산에 들고 나면서
꼭 보고 싶은 나무가 있었다. 움푹 파인 늪 같던 군대 시절을
전후해 허전했던 내 옆구리를 지켜 준 백석白石의 시집에
등장하는 나무이다. 많은 이들이 참 좋아하는 시, 「남신의주 유동
박시봉방」에 등장하는 "그 드물다는 굳고 정한 갈매나무"라고 할
때의 갈매나무였다.

강화도 고려산에서 처음 본 이후 여러 차례 갈매나무를
만났다. 드물긴 해도 숲에 꼭꼭 숨어 있는 건 아니었다. 시인은

124

대체 어디에서 갈매나무를 보았기에 굳고 정하다고 표현을 한 것일까. 그때까지 내가 산에서 본 나무는 시에서 만난 것과 너무나 달랐다. 굳고 정하기는커녕 어쩐지 모두 이등병같이 후줄근한 모습이었다.

하지만 최정산 어느 바위 옆에 외로이 서 있는 나무는 이 지역의 전망을 한껏 휘어잡으며 굳건히 자리하고 있었다. 시에 등장하는 분위기에 딱 어울리는 기품을 유지한 채였다. 까맣게 익은 열매 한 알을 입에 넣었다. 단맛과는 거리가 먼 애매하고 오묘한 맛이 단숨에 입안을 장악했다. 뱉으려고 했지만 이 나무가 어떤 나무인가. 갈매나무 아닌가. 오늘의 나를 있게 한 여러 요소들이 우려낸 맛이라 생각하고 꿀꺽 삼켰다.

갈매나무, 갈매나무과의 낙엽 관목.

물박달나무

존엄사법이 시작된 후 연명 의료를 받지 않고 스스로 죽음을 택한 첫 사례가 우리나라에서도 나왔다. 뉴스에 따르면 환자는 고통 없이 임종했고, 의료진은 병세 악화로 인한 자연사自然死라고 볼 수 있다고 말했다.

육체를 가지고 육체 안에서 육체와 함께 살아가야 하는 존재로서 죽음은 피할 수 없는 사태이다. 유교의 사생관, 아니 생사관에 군자왈종君子曰終 소인왈사小人曰死란 말이 있다. 소인의 죽음을 사死라고 한다면 군자의 그것은 종終이라는 뜻이다. 죽음의 한 표현인 사와 종은 얼핏 같은 결과인 것 같지만 그 방향에서 대단한 차이가 있다. 사가 외부에서 도둑처럼 느닷없이 찾아오는 것이라면, 종은 내부에서 스스로 주체적으로 자신의 생을 마감하고 마무리하는 것이다. 누가 결정해 주는 것과 내가 결단하는 것의 차이.

그제는 늦은 오후에 사무실 뒤편의 심학산에 올랐다. 금방이라도 눈을 흩뿌릴 것 같은 우중충한 날씨였다. 가파른 산길을 오르다가 단란한 핵가족을 만났다. 젊은 엄마가 앞장을 서고 초등학생 아들이 등산 스틱을 짚고 그 뒤로 딸, 아빠의 순서로 나무 계단을 내려오고 있었다. 뒤따르던 아빠가 행로에서 이탈하여 낙엽이 쌓인 곳으로 들어가려는 눈치를 보였다. 마침 뒤돌아본 아내가 한마디 했다. "자기, 어디 가?"

지금 여기에서 '자기'는 연인을 부르는 다정하고 무람없는 호칭이겠지만 사전적인 의미는 남이 아닌 본인을 뜻하는 말이다. 귓전으로 흘러가는 말에 괜한 용심이 일어나면서 이런 생각에까지 이르게 되었다. 자기自己는 문자적으로 '스스로의 몸'이다. 지금 심학산의 이 작은 공간에서 스스로 살아가는 '자기'란 누구일까.

문득 주위를 살피니 사람이라곤 우리 다섯뿐이었다. 그리고 비탈에 서 있는 벌거벗은 나무들이 눈에 들어왔다. 지금 이 공간에서 스스로 독립하여 방황하지 않고 살아가는 건 나무들뿐이다. 겨울이 오기 전 나무들은 스스로 물 공급을 차단해 잎을 고사시킨다. 월동하기 위해 잠시 곡기를 끊고 잎을 떨어뜨린다. 그게 곧 낙엽이다. 단란하던 가족들과 엇갈리는 곳에서 멈춰 허리를 펴니 상수리나무들 사이에서 유독 한 그루가 반짝거렸다. 깊은 산에서 드물게 만나는 물박달나무였다. 잿빛의 껍질이 여러 겹, 여러 조각으로 벗겨져서 쉽게 알아볼 수 있었다. 하늘로 기품있게 뻗어 올라가는 물박달나무를 낙엽을 밟은 채 오래 쳐다보았다.

물박달나무, 자작나무과의 낙엽 교목.

참나무겨우살이

제주에 가면 이상하게 받침 없는 지명에 마음이 끌린다. 발음도
참 편안하고 쉽다. 그중에서도 서귀포는 특히 그렇다. 이름에
받침이 하나도 없는 곳, 서귀포. 그 어디로 돌아가기 직전 모든
흔적을 지우며 잠시 머무는 장소일 것만 같다는 생각이 들기도
한다. 퍽 귀한 나무를 찾아간 서귀포 근처 포구의 한적한 골목
식당. 손바닥만 한 정원과 주황색 양철 지붕이 이국적인 분위기를
풍긴다. 이 집의 맛과 향을 보증하겠다는 듯 서 있는 배롱나무는
아직도 꽃이 무성하다.

　　길가에 서 있는 식당의 간이 메뉴판에는 그 이름만으로
침이 고이는 음식들이 차려져 있었다. 간장덮밥, 성게문어덮밥,
오징어덮밥, 딱새우덮밥, 보말칼국수, 파전. 한편 배롱나무 아래
임시 알림판에는 또 이렇게 적혀 있었다. "준비한 재료가 소진되어
오후 다섯시에 다시 시작합니다." 아마도 그 재료의 팔 할은
식물들일 것이다.

　　꽃에 입문하고 꽃에 흠뻑 빠지면서 동물과 식물의 관계를
살펴보는 내 생각도 조금 변했다. 나무를 두고서 움직일
줄도 모르는 저 어리석은 것을 좀 보라며 키득거렸던 게
그간의 상투적인 사정이었다. 하지만 이제는 식물이 동물을
먹여 살린다는 생각, 굳이 우열을 다툰다면 과연 누가 더
고등하겠느냐는 생각이 꼬리에 꼬리를 문다. 식물이 자생한다면
동물은 기생한다는 게 엄연한 사실이다. 아무리 재주 많은
요리사가 운영하는 식당일지라도 재료가 떨어지면 문을 닫아야
하는 것처럼, 외부에서 음식이 공급되지 않으면 몸은 폐허가 된다.
우리는 외부에 의지하는 존재일 수밖에 없는 것이다.

　　오늘 보려고 한 나무는 참식나무에 기생하는

참나무겨우살이였다. 식당 앞 현무암 돌울타리 곁에 선 우람한
참식나무의 가지에 뿌리를 내린 참나무겨우살이가 때맞춰
꽃을 제대로 피우고 있었다. 기생하는 자신의 처지를 고려해
참식나무가 열매를 다 키우기를 기다렸다가 이제야 늦게 꽃을
피우는 모양이었다.

겨우살이의 이름이 왜 겨우살이인 줄은 잘 모르겠다.
동서남북 중에서 왜 유독 서쪽에만 받침이 없을까. 해가 돌아가는
서쪽을 향해 서서 서귀포의 참나무겨우살이를 한참 바라보았지만
마땅한 답이 떠오르지 않았다.

참나무겨우살이, 꼬리겨우살이과의 상록 기생 관목.

계수나무

몇 해 전의 일이다. 서울 서대문구 안산鞍山 아래 영천시장. 각종
먹을거리가 즐비한 통로를 지나 시장 끄트머리쯤에 가면 홍어집과
헌책방이 이웃해 있었다. 알싸한 홍어 맛과 꿉꿉한 문자향이
사이좋게 어울린 그 좁은 골목길에서 세월의 때가 반질반질
묻은 책들을 살피다가 문득 꼭 한번 『동의보감』을 읽어야겠다는
작은 결심을 하게 되었다. 무슨 특별한 계기가 있었던 건 아니고
헌책들이 즐비한 곳에서 그야말로 그냥 그런 생각이 문득 들었다.
'아프고 안 아프고'의 문제를 떠나서, 살아 있는 동안 나를 나로서
있게 하는 몸속 오장육부의 정체를 조금이라도 알아야 하지
않겠느냐는 생각들이 모이고 뭉쳤다가 드디어 나에게 신호를
보내온 것일지도 모른다.

며칠 전의 일이다. 신문을 보다가 어느 책 광고에 눈길이
멈추었다. 책은 책이되 소위 베스트셀러를 겨냥한 책은 아닌

듯했다. 『농민신문』에서 펴낸 『양돈』이라는 책이었다. 표지를
보는데 이제껏 숱하게 먹었던 고기가 떠오르며 돼지에 대한
각별한 생각이 일어났다. 그건 돼지고기를 '먹고 안 먹고'의
문제는 아니었다. 다만 이제껏 불판에서 노릇노릇 익었다가 어떤
구멍으로 사라지기만 했던 돼지에 대해서 새로운 환기가 일어난
셈이었다. 책 광고에서 새삼 돼지를 생각해 봄과 헌책방에서
『동의보감』을 문득 떠올림은 궤를 같이하는 것이리라.

심학산 아래 전원형 아파트 옆으로는 그 옛날 승천을 꿈꾸던
용이 머물렀을지도 모르는 실개천이 흐른다. 상투적으로 심어져
있는 나무들 중에서 특이한 게 있으니 계수나무다. 지난여름
공사판이 벌어졌을 때 점심시간마다 고단한 인부들은 저 계수나무
아래에서 달콤한 쪽잠을 자기도 했다. 그 가장자리마다 붉은색이
감도는 동그란 하트 모양의 잎이 특징이다.

용이 다시 올 리는 만무하겠지만 꽃과 잎은 봄이면 다시
무성하게 찾아온다. 그 앞을 지나며 생각해 본다. 눈에 띄는
모든 것들은 내가 속한 세계의 표면이 아닌 게 없다. 몸이나
돼지, 책이나 나무 또한 예외가 아니다. 근년에 나는 꽃의 세계로
입장해서 이런저런 궁리를 한다. 봄이면 피어날 꽃들. 그게 다만
땅의 표면에 단순히 불쑥 솟아나는 것에 불과한 것일까. 사나운
계절을 통과하는 동안 앙상한 가지만 남은 계수나무 아래에서 이
눈앞의 풍경 너머의 풍경이 더욱 궁금해졌다.

계수나무, 계수나무과의 낙엽 교목.

노각나무
그간 말로만 들었던 영남알프스를 드디어 걸었다. 배내봉에서

129

간월산, 간월재, 신불산, 신불재, 영축산, 배내골까지. 우리의
고유한 지형에 공연히 유럽의 유명세를 끌어온 게 조금
못마땅했지만 까짓 그런 것들과는 아무 상관없이 어깨를 겨눈
산들의 웅장함이 너무 좋았다. 우리 국토는 남으로 내달리다가
멀리 동쪽으로 호젓하게 울릉도를 점 찍어 놓고 바다로 뛰어들기
전에 아쉬운 마음을 일으켜 마지막으로 이렇게 최대치를
일구었는가 보다.

낙엽 진 알몸의 산들은 사람을 위협하지도 압도하지도
않았다. 재를 넘을 때마다 길손처럼 서 있는 여러 개의 안내판은
이 지역의 풍상風霜을 실감나게 전해 주었다. 소리내 읽으면
입에 착착 들러붙는 문장들이다. "오뉴월 엿가락처럼 휘어진 긴
등長嶝." "기러기처럼 떠도는 장꾼들이 모이던 배내고개." "산짐승
울어대는 첫새벽, 호롱불을 든 배내골 아낙들이 선짐이 질등을
올랐다." "밥물처럼 일렁이는 오만 평의 억새밭은 백악기 시대
공룡들의 놀이터이자 호랑이, 표범과 같은 맹수들의 천국이었다.
간월산 표범은 촛대바위에 숨어 지나가는 길손을 노렸고…."

남부지방산림청장의 고시에 따르면 이 지역에는 설앵초,
방울난초, 처녀치마, 개회나무, 산오이풀, 참조팝나무 등이
분포한다고 했다. 내년에 이 산으로 개근을 해도 공룡, 호랑이,
표범이야 만날 수 없겠지만 때를 잘 맞춘다면 저 나무와 풀 들은
모두 만날 수 있겠다. 오늘 나의 아쉬운 눈길과 피곤한 발길에
위안을 던져 주는 나무가 있었으니 잊을 만하면 나타나는
노각나무였다.

눈으로 보아도 단단하기 이를 데 없고 손으로 만지면 묵직한
느낌이 전해지는 나무이다. 수피가 사슴뿔인 녹각鹿角을 닮았다고
해서 그 이름을 얻었다고도 하는 나무. 여름에는 우아한 흰 꽃과

함께 조각조각 껍질이 일어나고 겨울에는 기이하고 난해한
여러 문양이 도드라진다. 조상을 모실 때 사용하는 제기祭器로
안성맞춤이라기에 더더욱 각별하게 쓰다듬게 되는 노각나무.
노각은 우리나라에 자생하는 구백여 종 중에서 내가 가장
좋아하는 나무다.

　　노각나무, 차나무과의 낙엽 교목.

　　멀구슬나무

거제도에 갔다. 예전부터 꼭 가 보고 싶었던 포로수용소 유적지로
더 들어갔다. 이제는 사라진 사람들과 아직도 살아 있는 나무들을
더듬어 보겠노라, 정문을 통과했다. 포로라니! 듣도 보도 못한
신분으로 죽기 일보 직전의 삶을 감당해야 했던 사람들의 흔적이
곳곳에 재현되어 있다. 어떡하겠는가. 아수라 같은 곳에도
때는 꼬박꼬박 찾아와서 아귀 같은 다툼 속에서 밥을 먹고,
중인환시리衆人環視裡(사람들이 지켜보는 가운데)에 용변을 보아야
했다. 그러고도 오늘날까지 그 장면이 적나라하게 전시되어야
하는 고약한 운명이었다.

　　자료관에 들렀다. 수용소 철조망 경고판에 맞춤법이 하나 틀린
이런 문장이 적혀 있다. "NO TALKING OR PASSING OF ARTICLE
BETWEEN THE FENCE. 철망 넘어로 말 혹은 물품을 교환치
말 것." 당시 수용소에서는 말도 물건처럼 수용해서 통제해야
할 것으로 취급했던가 보다. 사람보다도 철조망이 강조되는 그
흑백사진을 보는데 이곳에 잠시 수용되었던, 영어와 일본어를
잘했다던, 우리말을 잘 다루었던 김수영 시인이 떠올랐다.

　　사람은 곤죽이 되어도 산천은 의구하다. 혹 당시를 지켜본

나무가 있지 않을까. 수령 칠십 년의 나무라면 그리 무망한 기대도 아니었다. 나보다 겨우 열 살만 많으면 되는 나무이지 않은가. 모형으로 전시된 포로들과 관광객들 사이로 휩쓸리는 동안 유적지의 좌우를 두리번거렸다. 하지만 관광지로 조성된 곳이라 식재된 관상수가 대부분이었다. 당시의 주춧돌이 그대로 보존된 곳에 나이 지긋한 나무가 눈에 들어왔다. 나무의 수피며 굵기, 자태로 볼 때 최근에 심은 나무는 분명 아니었다. 제주도에서 처음 보았을 때는 구슬처럼 알록달록한 연보라색 꽃을 피우고 있던 나무. 겨울에는 총알 같은 열매를 주렁주렁 매달고 있는 나무, 멀구슬나무였다.

낯선 곳을 여행할 때 전봇대를 유심히 보는 편이다. 전시된 자료 사진을 보면 당시 포로수용소에도 철조망 따위는 훌쩍 건너뛰어 전봇대가 있었다. 전봇대는 무슨 소식을 전하기 위해 저렇게 헐레벌떡 뛰어가고 있는가. 고향을 사무치게 그리워하던 포로들의 간절한 눈빛을 그 전봇대는 얼마나 받아냈을까. 사진 속처럼 몇 개의 전봇대를 유적지에 재현해 놓았지만 그때의 그 전봇대는 아니었다.

휘적휘적 걷다 보니 어느새 정문이 보였다. 유적지 내 철조망에 화살표와 함께 '출구'라는 간판이 달려 있다. 수용소에서의 짧은 한나절이었지만 여느 곳과는 다른 특별한 의미의 단어가 아닐 수 없었다. 이제 나도 포로의 신분을 벗어던진다는 느낌!

틀림없이 당시에도 있던 나무일 것 같은 멀구슬나무. 정문을 빠져나오는 동안 대한민국 경상남도 거제시 고현동 362번지의 포로수용소를 묵묵히 지켜 온 멀구슬나무를 네 번 뒤돌아보았다.

멀구슬나무, 멀구슬나무과의 낙엽 교목.

개암나무

쥐구멍에도 볕 들 날이 있는 것처럼, 방치되었던 서랍도
연초年初에는 모처럼 햇빛 아래 홀랑 뒤집어진다. 뭐 이리
자질구레한가. 잉크가 말라 버린 만년필이며 간이 영수증 뒷면에
휘갈긴 메모가 툭 튀어나온다. 내가 저지른 소행이 분명하나
물건을 보고서야 어렴풋 떠오르는 사연들. 사무실 앞 상수리나무
근처에서 주운 도토리도 있다. 건조하게 마른 도토리를 보는데 양
볼이 불룩해지도록 열매를 집어넣는 다람쥐 생각이 났다. 저만의
장소에 먹이를 묻어 두지만 일일이 기억하지 못한다는 안타까운
다람쥐. 그리고 떠오르는 기억의 한 토막.

　몇 해 전 자연 생태에 조예가 깊은 분들과 강원도 고성 송지호
둘레를 탐방했다. 쌀쌀한 날씨에도 뚝뚝하게 버티는 나무들의
동태를 살폈다. 울타리에 자작나무가 도열한 파릇한 보리밭을
가로질러 나올 때 누군가 근사한 정보를 주었다. "오늘 정말 귀한
사진을 찍었어요, 때까치가 개암나무 가지에 개구리를 잡아서
걸어 놓았더군요."

　도회 근방의 얕은 자연 속에서 이런 야생의 다큐멘터리를
목격하다니. 얼른 그곳으로 달려갈 태세를 갖추었지만 다시 가
보기에는 너무 먼 거리라 했다. 물회가 기다리는 점심시간도
촉박해서 그분의 카메라 속 사진을 그대로 찍는 것으로 아쉬움을
달래야 했다. 개굴개굴 울다가 웃다가 그런대로 살아온 개구리.
느닷없이 개암나무 가지에 꿰인 채 꾸덕꾸덕 적나라하게 말라 가는
개구리를 보는데 사진 찍은 분이 한 말씀 보탠다. "글쎄, 저 때까치가
기억력이 나빠 제가 공중에 감춰 놓은 먹이도 대부분 까먹는대요."

　쥐들이 한바탕 설치고 간 듯 뒤죽박죽 어지러워진 나의
서랍에는 열거한 것 외에도 뜻밖의 품목이 더 있다. 아침저녁으로

복용하라는 약이 들어 있는 흰 봉투. 한구석에서 뒹구는 몇 개의
연고들. 녹이야 슬지 않았지만 짜부라지고 뒤틀린, 그렇다고
제대로 다 쥐어짜지지도 못한 것들. 서랍 속의 이 연고는 어쩌면
이렇게도 내 인생을 닮았더냐. 소중하게 보관한다고 깊숙이 던져
놓고서 까맣게 방치했던 흔적들. 저 새 대가리 좀 보라며 키득키득
웃기도 했던가. 아무튼, 때까치 그리고 개암나무.

개암나무, 자작나무과의 낙엽 관목.

잣나무

강원도 심심산곡에서 출발해 서해를 찾아가는 북한강이 심심한 듯
크게 용틀임을 할 때, 이에 호응하여 경기 근방에 가까이 집합한
산들이 막역한 친구처럼 첩첩하게 도열한다. 명지, 연인, 칼봉,
운두 그리고 천마. 마치 돌올한 산악 문명이라도 곧 발흥할 것 같은
분위기이다. 봄이면 이곳 산마다 야생화 잔치가 벌어지는 건 이런
지리적 조건과 무관치 않을 것이다.

산으로 들 때면, 그 산의 이름을 통해 전해지는 내력을 알아
가는 것도 재미있다. 오늘 찾은 곳은 축령산이다. 산은 완만하다.
초입에서 잠깐 가파른 길을 더위잡아 오르니 바로 산천경개가 툭
트인 능선이다. 잎이 모두 떨어지는 겨울이면 나무는 물론 산의
전모가 훤히 드러난다. 어느덧 남이바위에 서니 바위에 뿌리를
내리고 바람에 적응한 소나무가 홀로 아래를 굽어보고 있다. 저
아래 다정한 인간의 마을에 지곡서당芝谷書堂이 있지만 글 읽는
소리는 끊어진 지 오래다.

축령산은 '祝靈山'이다. 그 이름이 조금 특이해서 여러
생각을 불러오게 하는 산, 축령산. 축祝에 촉발되어 오래된 기억

하나가 떠올랐다. 언젠가 중국 소설을 전공하는 분들을 따라
주자朱子의 고향 우이산武夷山을 갔었다. 주자 기념관을 둘러보는데
주자 어머니의 장례식에 관한 자료 중의 여러 글귀가 축祝으로
시작하는 게 아닌가. 그것은 결혼식장에 잘못 배달된 조화처럼
아주 낯설고 희한한 느낌을 불러일으키기에 충분했다. 알고 보니
주자 어머니의 성씨가 축이었다. 축령산을 걷는 내내 어쩐지 퍽
낯설었던 그때 생각이 자꾸 났다.

　　축령산 정상에서 한숨을 돌린 뒤 바로 맞닿아 있는
서리산으로 갔다. 서로 뽐내지 않으면서도 두 산의 능선이
기막히게 아름다운 곡선으로 연결되어 있었다. 오늘의 등산을
축령산, 서리산으로 마무리하고 보니 하트 모양의 근사한
목걸이를 완성하는 기분이었다. 원점회귀하듯 그 목걸이의
고리에 해당하는 곳에 이르니 우람한 나무들이 공중으로
성큼성큼 걸어가고 있었다. 맏형처럼 자리잡고서 묵묵히 하늘을
받드는 잣나무 숲이었다. 그늘을 좋아해서 단정하고 기품있게
가지를 뻗는 나무. 송무백열松茂栢悅(소나무가 무성하면 잣나무가
기뻐한다는 뜻으로 벗이 잘된 것을 축하해 준다는 말)이라고 했을
때의 그 잣나무.

　　잣나무, 소나무과의 상록 교목.

　　사철나무

오래전 나는 바다가 훤히 바라보이는 부산의 우룡산 중턱에
자리한 대연大淵중학교의 학생이었다. 우룡산을 중심으로 이쪽에는
학교, 저쪽에는 집이 있었다. 그리 먼 거리는 아니었지만 버스를
타려면 두 번 갈아타야 했다. 그래서 그냥 산을 넘어 걸어서

다녔다. 국어 시간에 노산 이은상의 시 「오륙도五六島」를 배운
어느 날엔 학교 뒷산을 넘어 집으로 돌아가다 오륙도를 새삼
힘주어 눈에 담기도 했다. 아주 화창한 날에는 멀리 희끄무레하게
대마도의 윤곽이 보였다.

　이런저런 세월의 산을 여러 개 넘어 도착한 부산 용호동의
오륙도 선착장. 철썩이던 파도 옆 안내판을 보자니 몇 가지
생각이 떠올랐다. 아무래도 나는 이제까지 아무렇게나, 대충,
희끄무레하게 살았던가 보다. 오륙도에 관한 설명을 더 자세히
보니 방패섬, 솔섬, 수리섬, 송곳섬, 굴섬, 등대섬으로 이루어진
섬들의 작은 공화국이었다. 안내 표지판에 따르면 이 중 방패섬과
솔섬은 서로 아랫부분이 붙어 있어 밀물에는 하나, 썰물에는 두
개로 보이며 오륙도라는 낭만적 이름을 갖게 되었다고 했다.
언젠가 저 섬에 올라 섬의 식물상을 조사해 보리라는 작은 결심을
하고 갈맷길로 향했다.

　바다와 마주 보며 서 있는 고층 아파트를 끼고 돌아 나무
계단을 올라서 벼랑이 안내하는 길로 들어섰다. 각종 이끼가
추상화 같은 무늬를 그리며 바위에 송송하게 붙어 있고 송악 등의
덩굴 식물이 바다로 뛰어들 듯 보이는 바위들을 휘감고 있었다.
한반도가 이만한 넓이를 유지할 수 있는 건 이런 연약한 덩굴성
줄기들이 서로 어깨동무하고 있는 덕분 아닐까.

　몇 굽이를 지나 바닷가로 움푹 꺼진 농바위 근처를 지날
때였다. 멀리 여객선이 가는 풍경을 배경으로 꽃이 활짝 핀 듯한
나무가 보였다. 바위 틈에 핀 그것은 사철나무였다. 가까이서
보니 나무에 달린 것은 꽃이 아닌 열매였다. 사철나무는 사철
내내 푸른 나무이다. 산울타리로 널리 심는 나무라서 주변에서
흔하게 볼 수 있는 나무이기도 하다. 이 바닷가 끝의 바위틈에서

피어난 자연의 사철나무. 우리 국토를 가장 바깥에서 지키는 울타리인가 싶어 눈에 힘을 주고 바라본 사철나무.

사철나무, 노박덩굴과의 상록 관목.

겨울, 산문

북한산에서 눈을 밟으며

섣달그믐은 하여간 그 어디로 한 번 구부러져 넘어가는 날이다. 보통의 하루와 같은 날일 수도 있겠지만 그럼에도 그저 평범한 날로 대할 수는 없는 노릇이다. 무엇을 할까. 그냥 적막한 사무실에서 한 해를 마감하는 것도 한 방법이겠으나 그리 좋은 방책은 아니다.

　　지방으로 가는 이들은 더 일찍 떠나고 나머지 직원들도 일찍 퇴근하고 나는 높은 곳으로 가기로 했다. 오후 두시. 북한산으로 갔다. 퇴계의 간찰簡札에 대해 강의하는 하영휘 선생 및 그 밑에서 함께 공부하는 몇 분과 일행을 이루었다.

　　마음은 휴일인데 아직 연휴의 시작은 아니어서 북한산이 텅 비었다. 세속의 명절 기운은 이미 산속까지 길게 뻗어 왔음이 느껴졌다. 구기동으로 올라 대남문으로 가는 길 대신 승가사길로 접어들었다. 사람들이 많이 다닌다지만 등산객들은 앞선 사람들이 밟은 길만 골라 다니기에 아직도 순결한 눈들이 지척에 깔려 있었다. 다람쥐처럼 아무리 바삐 돌아다닌다 해도 그 길을 다 걸을 수 없고 그 눈을 다 밟을 수 없다. 눈길에서는 그게 다 보인다. 겨울이 와야 송백의 푸르름을 알듯 눈이 오고 나면 인간의 초라함은 다 들통이 나기 마련이다.

　　한참을 올랐을까. 어느 양지 바른 모퉁이에서 선두가 걸음을 멈추었다. 배낭을 열고 주섬주섬 음식을 꺼내 놓으며 즉석 주안상이 마련되었다. 한 분이 중국에서 직접 가져온 황주黃酒인 사오싱주를 땄다. 나로서는 처음 먹는 술이었다. 곁들이는 안주는 보리굴비. 선물로 받은 것을 챙겨 와 꺼낸 것이었다. 이 눈밭에서라면 그저 웬만한 술과 보통의 안주래도 흡족할 텐데 너무나 근사하고 궁합이 잘 맞는 술판이었다. 눈이 내렸더라면 더욱 좋았을 테지만 그냥 모여 둥글게 쪼그리고 앉아서 먹는 맛도 황홀했다.

드디어 북한산 비봉에 올랐다. 그곳에서는 내가 배낭을 열었다. 준비한 품목은 따끈하게 데워 보온병에 담은 정종과 생율이다. 바람이 제법 불고 기온이 떨어진 곳에서 더운 술을 마시니 몸이 금방 훈훈해졌다. 제법 근사한 주종酒種과 안주로 두 차례의 산중 술판을 접고 산을 내려왔다. 겨울 해는 짧다. 더구나 산중에서는 시간도 빨리 간다. 탕춘대 가는 길로 걸음을 서둘렀다.

곳곳에 눈이 제법 쌓였다. 바위 밑 응달에는 내린 모양새 그대로 쌓여 있다. 미끄럼을 방지할 겸 일부러 발자국을 피해 쌓인 눈을 골라 딛기도 했다. 등산을 시작하면서부터 눈 소리는 계속 나를 따라왔다. 눈 밟는 소리가 어찌 뽀드득 뽀드득뿐일까. 그것은 문자적으로 그럴 따름이다. 사실 눈 밟는 소리는 종류가 많다. 실제로 눈의 강도와 녹는 정도, 그날의 날씨, 신발의 종류, 아이젠의 착용 유무에 따라 다 다르다.

이날 눈 밟는 소리에서 특히 연상되는 것이 있었다. 어쩐지 나에겐 삐그덕 삐그덕 하는 소리가 들리는듯했다. 가슴 한편을 불편하게 긁어 갈비뼈가 조금 헐거워지는 듯한 소리였다. 다시 생각하면 그것은 장도리로 굵은 대못을 빼는 소리와도 같았다. 곧게 빠지지는 않고 조금 휘어지면서 대못이 송판에서 빠질 때 나는 소리. 삐그덕, 삐그덕, 삐그덕.

우리는 언젠가 이 세상을 떠난다. 어디로 떠나는지를 잘 안다. 모두들 지금 밟고 있는 이 땅 아래로 홀로 들어가야 하는 것이다. 그곳은 공기가 없는 곳이니 소리도 없는 곳이다.

살아 있는 존재들이 돌아다니는 것, 나무가 잎사귀를 살랑 아래로 떨어뜨리는 것, 이것은 돌아갈 곳을 한번 미리 살펴보는 동작들이다. 그러니 사람들이 저벅저벅 걸을 때마다 발밑에서 내는 소리는 사실 이렇게 노크하며 묻고 있는 것이다. "나중, 들어가도 좋겠습니까?"

　서해로 뉘엿뉘엿 넘어가는 해를 보면서 그런 생각을 하자니 내 눈 밟는 소리가 정말로 대못 빼는 소리에 적확하게 들어맞는 것 같았다. 들리는 것은 거친 숨소리와 북한산 계곡을 휘감는 바람소리, 그리고 대못 빼는 소리. 삐그덕, 삐그덕. 그 소리를 배경으로 굽이를 돌 때마다 내 그림자와 땅거미는 한 치의 빈틈도 없이 정확하게 섞였다.

　산중에서는 삐그덕 삐그덕, 산 아래에서는 저벅저벅. 그런 소리를 내면서 집으로 돌아온 그날 저녁. 자기 전 손에 잡은 건 하영휘 선생이 공동 편찬한 『옛편지 낱말사전』으로, 옛 선인들의 편지인 간찰에 쓰인 용어를 해설한 책이다. 말을 잃어버리면 곧 세계를 잃어버리는 것이니 죽음이란 딴 게 아니다. 총 칠천육백여 개의 표제어 중 이리저리 몇 단어를 훑어보는데 한 단어가 눈에 띄었다.

　임진년 그믐밤, 『옛편지 낱말사전』에서 만난 그 단어는 '개관蓋棺'이었다. 그야말로 관 뚜껑을 덮는 것이니 죽음을 가장 실질적으로 구체적으로 설명하는 단어가 아닐 수 없었다. 책장을 덮고 불을 껐다. 오늘 하루도 이렇게 가는가. 아니 임진년 한 해도 이렇게 덮이는가. 이불을 덮고 누우니 오후 내내 북한산에서 귀를 가득 채운 소리가 자장가처럼 울려 나왔다. 오늘 밤은 책을 덮고 이불을 덮지만 언젠가는 관 뚜껑을…. 삐그덕, 삐그덕, 삐그덕.

곡哭, 소나무, 소나무, 소나무

예전 짧디짧은 소견으로, 한곳에 뿌리박고 사는 나무들을
바보처럼 답답하게 여긴 적이 있었다. 저들은 대체 전생에 무슨
잘못을 저질렀기에 한곳에서만 살아야 하는 운명으로 태어났을까.
그런 한심한 생각을 하기도 했다. 그러다가 나의 이런 어리석은
생각이 전도되는 기이한 경험을 했다.

　법인法人이란 말이 있듯 말하자면 회사도 일종의 생명체이다.
생명 있는 것들이 생로병사를 거듭하듯 회사도 흥망성쇠를
되풀이한다. 궁리출판을 처음 시작한 곳은 서울의 외곽인 관악산
아래였다. 이후 몇 번 사무실을 옮겼다. 그럴 때마다 놀라운
화분들이 먼저 들이닥쳤다. 사무실 이전 소식을 안 친구들과
거래처들이 고마운 정성을 보내 준 것이다.

　지금 생각하면 그땐 내가 외려 바보 같은 생각에 빠져
살았음에 틀림이 없는 듯하다. 간혹 헌책방을 경유하기는 했지만
문지방이 닳도록 뻔질나게 호프집을 드나들 뿐이었다. 그것까지는
좋다. 내 생각의 무늬와 결이 그저 발바닥만큼의 면적에 빠져
허우적대기에 바빴던 것이다. 그러니 사무실 한구석에 우두커니
서 있는 화분 속의 식물에게 다정한 눈빛조차 건네기 아까웠다.
관심이 없으니 물 한 모금 나누어 줄 생각은 애당초 없었다. 사정이
이러고 보니, 싱싱했던 식물들이 내 곁으로 와서는 몇 달 버티다가
죽어 나가기에 바쁜 신세를 벗어나지 못했다.

　인왕산 아래 통인동에서 지내던 어느 날이었다. 시원하게
맥주 한 컵 들이킬 욕심이 사납게 발동하면서 부리나케 약속
장소로 나가던 찰나, 사무실 입구에서 풀이 팍 죽은 행운목이 눈에

들어오지 않겠는가. 참 모를 일이다. 어쩐 일인지 그날 나는 마음을 고쳐먹고 이왕 늦은 김에 조금 더 늦기로 하면서 여러 화분에 물을 뿌리는 선행을 베푼 뒤 사무실을 나섰다.

다음 날 사무실에 출근하니 그간 시들시들했던 식물들이 생생하게 반짝거리는 모습이 눈에 확 들어왔다. 그것은 한 공간에 같이 있어도 나와는 아무런 접점이 없던 식물들의 사생활에 내가 구체적으로 개입했다는 뜻이었다. 그때 문득 목석같던 마음 한구석에서 식물과 내가 서로 별반 다를 것 없다는 생각이 강하게 일어나는 게 아닌가. 꺼칠꺼칠한 나무의 줄기와 띵띵한 내 다리가 근본적으로 같은 성분으로 이루어진 게 아닌가 하는 과감한 관점의 확장으로까지 치달았다. 둘 다 태우면 재만 남기 마련이다. 그 이후 식물을 보는 눈이 새삼 달라졌다는 것을 자신있게 말할 수 있다. 그리고 나는 틈나는 대로 인왕산을 오르내리기 시작했다. 비로소 화분에 담긴 물체가 화훼가 아니라 산에 사는 식물의 일원으로 눈에 들어왔다.

소소하다면 소소하달 수 있는 이렇고 저런 일들의 집적集積이 곧 우리의 생활일 것이다. 궁리출판은 세 번 뿌리를 옮긴 끝에 드디어 파주출판도시에 아담한 둥지를 마련했다. 궁리가 출판계에서 자취를 감추지만 않는 한 더 이상 이사 갈 일은 없게 되었다. 근 십여 년을 삐댄 인왕산 아래 통인동을 떠나 파주로 이삿짐을 옮겼다. 이번에도 뒤따라 온 건 너무나 고마운 여러 종류의 화분들이었다. 특히 초등학교 동창들이 보내 준 소나무 분재가 눈에 띄었다.

가장 많이 들어온 건 서양란과 난초였다. 이들은 궁리로 올 때 이미 만개한 상태였다. 꽃들은 절정의 상태를 유지하고 있었다. 하지만 그렇게 탐스럽던 난초는 금방 시들었다. 전해 주고 전해

받는 그 순간만을 넘기면 금방 편안하게 스러져도 좋다고 훈련
받은 꽃들 같았다. 마치 근사한 사진을 남기기 위해 사진사가
시키는 대로 김치!라는 구령에 어색한 웃음을 꾸미는 하객들의
얼굴 표정 같기도 했다. 꽃집 주인의 엄명에 따라 그 순간만
잠시 화사했다가 이내 허물어지는 꽃들이라는 인상을 지울 수가
없었다.

어릴 적 친구들이 보내 준 소나무는 늠름했다. 파주의 공기는
유리창이 막아 준다 해도 쌀쌀하기가 그지없었다. 막 신축한
곳이라서일까, 건물은 찬 기운이 흠뻑 배기 일쑤였다. 가스불을
피우고 전기를 가동하며 만들어내는 인간의 온기보다는 딱딱하게
굳은 시멘트의 냉기가 더 승한 곳이었다. 소나무야 워낙 강인한
침엽수인지라 관리에 그리 신경을 쓰지 않아도 될 것 같았다.
아침이면 찬 기운이 감도는 사무실에서 소나무와 가끔 흐릿한
안부를 주고받는 사이, 마침내 봄이 왔다.

무언가 새로운 기운이 약동하는 갱신의 시간이다. 솔기가
터진 옷도 한번 뒤집어 보고 양말도 뒤집어 빨아 널고, 유리창을
열어 겨우내 묵은 공기를 교체도 하는 시기이다. 모처럼 화분을
바깥으로 내놓기로 했다. 따뜻한 사무실에서 지냈다지만 작년에
궁리로 거처를 옮긴 대부분의 꽃은 이미 사라졌다. 아직도 받았을
때의 품위를 그대로 유지하고 있는 건 소나무뿐이었다.

제법 묵직한 소나무 분재를 옮기다가 나무를 가까이에서
들여다보게 된 내 마음이 문득 무거워지기 시작했다. 그것은 작은
화분에 갇힌 소나무가 걸치고 있는 갑옷 같은 철사를 보면서였다.
그제야 나무가 처한 삶의 조건이 구체적으로 눈에 들어왔다.
이대로 둘 수는 없겠다는 생각이 들었다. 무언가 응급조치가
필요하다고 직감했다. 그냥 둔다면 소나무는 살아 있기는 하되

이대로 화분 안에서 주저 앉은 채로 생명 연장이나 하며 일생을
마쳐야 할 것 같았다.

햇볕이 따뜻한 봄날, 사무실 구석의 화단으로 소나무를
데리고 갔다. 화분에서 화단으로 옮겨 주려는 것이다. 우선 나무에
감겨 있는 철사를 제거하기로 했다. 커터만으로도 쉽게 제거할
수 있을 것으로 예상했는데 막상 해 보니 쉬운 작업이 아니었다.
철사는 나무의 일부라도 된 양 찰거머리같이 들러붙어 한사코
분리되기를 거부했다. 이 나무가 제대로 자라지 못하고 뒤틀린 채
천천히 자라게 만들도록 임무를 받은 자객 같았다.

철사는 두 종류였다. 본 줄기에 감긴 것은 아주 굵은 철사였고
가지에는 조금 가는 철사가 감겨 있었다. 굵은 철사를 제거하는
것은 내 손목 힘으로는 어림이 없었다. 나무의 몸통과 가지 사이로
촘촘하게 들어찬 철사들. 소나무 잎과 철사에 몇 번을 찔린 뒤에야
겨우 철사 감옥에서 소나무를 구출할 수 있었다. 그리고 화분에서
소나무를 들어 올렸다. 이상했다. 흙과 함께 들면 뿌리가 쉽게 딸려
올 줄 알았는데 이 또한 만만치가 않았다.

맙소사, 철사는 드러난 부분에만 칭칭 감긴 게 아니었다.
뿌리에도 철사가 휘감겨 있었다. 큰 뿌리는 물론 작은 뿌리들도
중간에 끊어서 뭉툭하게 만들어 버린 것이다. 소나무를 더 이상
자라나지 못하고 그대로 비틀려 있도록 하는 기술은 집요하고
철저했다. 생명을 묶어 놓고 가두는 데 무슨 쾌감이라도 느끼지
않고선 이렇게 할 수 없으리란 생각이 들 정도였다.

아무튼 나는 소나무에서 금속을 한 톨도 남김없이 깨끗하게
제거했다. 수북하게 쌓인 철사들은 재어 보지 않았지만 상당한
무게일 듯했다. 길이도 만만찮았다. 뒤틀리고 구부러진 철사를
이어 곧게 편다면 나를 꽁꽁 묶고도 남는 길이로 보였다.

화단의 땅을 팠다. 적어도 화분보다는 훨씬 더 넉넉하고 깊게
팠다. 뿌리가 흠씬 잠기도록 물도 부었다. 뿌리를 푹 담그고 흙을
채워 넣었다. 이제 소나무는 비틀어질 대로 비틀어졌던 모습을
극복하고 야생의 삶에 적응해서 화분이 아니라 화단에 뿌리를
내릴 수 있을까. 플라스틱 물뿌리개로 찔끔찔끔 주는 물이 아니라
하늘이 주는 빗물을 풍부하게 받아먹고, 벌이나 곤충의 유혹도
받으면서 그들의 주둥이가 태우는 간지럼에 몸을 키득거릴 수
있을까. 어쨌든 뿌리가 강고히 내리는 게 급선무일 것 같았다.

사실 소나무는 그리 경쟁력이 강한 나무가 아니다.
상수리나무, 졸참나무, 굴참나무, 신갈나무, 떡갈나무 등의 참나무
류와 경쟁이 붙으면 늘 진다. '남산 위의 저 소나무'가 골짜기에
있었다면 다른 나무들에게 밀려 물 한 모금, 햇빛 한 줄기 얻어먹기
힘들었을 것이다. 어쩌면 그래서 경쟁자들을 피해 아슬아슬한
곳으로 이사 간 것일지도 모르겠다. 위험보다는 먹이를 선택한
것이다.

나무의 본성을 잃어버리지 않았기를. 이제 철사라는 감옥을
벗어나서 온전히 가지를 뻗기를. 화분이 아니라 화단의 넓은
세계에서 다리를 시원하게 풀기를. 다시 한번 물을 흠뻑 부어
주면서 토닥거려 주었다.

이제 마음 놓고 잘 자라라. 멀리 구름을 구경하고 새들과
사귀고, 빗물의 향기도 만끽하면서. 궁리출판이 파주에서 튼튼한
뿌리를 내리듯 너도 새로운 땅에서 잘 견디기를!

후기.
파주로 이사하고 모처럼 큰일 하나 한 듯 뿌듯함을 선사했던
분재 소나무 이식 작업은 실패로 끝났다. 애석타, 사계절을 한

번 지내지도 못하고 소나무는 죽었다. 관리를 잘못한 것이겠지. 관심을 가지고 지켜보기는 했지만 죽어 가는 것을 막지 못했다. 워낙 몸집이 작아서 그랬는지 시들시들하다는 느낌이나 전조도 없이 잎이 벌겋게 달아오르더니 맥을 놓고 말았다. 큰 나무가 빈사 상태에 이르면 막걸리를 먹여서 회생시킨다는 이야기가 뒤늦게 떠올랐다. 나 혼자 맥주나 소주 먹지 말고 소나무에게도 막걸리 한잔 권할 것을! 엎질러진 물처럼 뒤늦은 후회로 가슴만 칠 뿐. 만약 이 나무가 튼실하게 자라났다면 나는 근사한 이름을 하나 붙여 주었을 것이다. 호적에 올리지도 못하고 잃어버린 아이처럼 나무는 이름을 갖기도 전에 떠나 버리고 말았다. 허전하고 허전했다. 애꿎게 왔다가 더욱 애꿎게 생을 다해 버린 소나무여, 혹 다음 생을 받을 수 있다면 좀 더 긴 생을 부여받기를! 세 번 이름을 부르고 곡을 한다. 곡哭, 소나무, 소나무, 소나무.

참 많이도 돌아다녔다. 중심은 어디일까. 그것을 모르니 가만히
있을 수가 없었다. 그곳을 찾고자 두리번거릴 수밖에 없었다.
중심을 모르니 한 자리에 서면 발밑이 어지러웠다. 어디에선가
바람이 자꾸 불어왔다. 작은 바람에 맞아도 휘청거리기 일쑤였다.
균형을 잡으려면 어디든 멀리 돌아다녀야 했다. 멀미, 그것은 바로
여기에서 야기된 현상이 아니겠는가.

호기롭게 말한다면 달과 태양이었다. 그 둘을 바퀴로 삼는 큰
자전거에 탄 형국이었다. 어디로 굴러가나. 뒤뚱거리다 어지러운
회전에서 떨어지지 않으려면 이곳저곳을 자꾸 기웃거릴 수밖에
없었다. 가만히 있는 것은 정지가 아니라 곧 추락함을 의미했다.
불안, 그것은 바로 여기에서 유래한 물질이 아니겠는가.

이제 그는 중심을 찾았는가 보다. 그토록 돌아다녔던 이유를
이제야 알아차렸나 보다. 더는 돌아다닐 필요도 없어졌나 보다.
그러니 이제 주저리주저리 할 말도 없어졌나 보다. 이제 이리저리
눈치 보던 눈도 소용이 없어졌나 보다. 비로소 그는 필요한 것들이
필요하지 않는 곳으로 이사했나 보다. 말하지 않는 것으로 말하는
곳이다. 풀, 그것은 바로 여기에서 통용되는 언어가 아니겠는가.

중심을 몰라 방황할 때 그는 툇마루와 섬돌을 유난히
좋아했다. 섬돌을 딛고 툇마루에 엉덩이를 걸치고 앉으면 여기가
중심인가 했다. 그러나 그곳도 오래 머무를 곳이 못 되었다. 앉아
있다고 엉덩이에서 발밑에서 뿌리가 뻗어 나오는 건 아니었다.
그 어딘가의 모퉁이로 비스듬히 넘어가는 것 같을 뿐이었다.
현기증, 그것은 바로 여기에서 비롯된 증세가 아니겠는가.

150

그는 중심을 찾았다. 중심은 하나, 한 곳이 아니며 모든 곳, 모든 존재가 저마다의 고유한 중심이란 것을 알았다. 이제 중심 같은 것은 하찮은 것이 되고 말았다. 모든 곳이 중심이니 이제 중심은 없는 것이나 마찬가지겠다. 그래서 입도 눈도 다 소용을 잃어버렸다. 그는 산산이 흩어져 우주 만물로 뻗어 나갔다. 그의 이목구비가 소용없게 되어 얼굴이 무의미해졌다. 다시 한번 더 호기롭게 말해 본다. 무덤, 그것이야말로 달과 태양을 연결하는 삼각형의 한 꼭짓점으로서 서로 팽팽하게 균형을 이루는 장소가 아니겠는가.

기우뚱 숙이고 들어가 몸을 뉜 곳. 누구인들 이곳을 피할 수 있을까. 유리창이 없고. 현관도 없고. 섬돌을 닮은 석상 위에는 신발 한 켤레도 없고. 그저 모든 것이 편안하다는 긍정의 표현처럼 지붕은 둥글고. 중심을 자꾸 옮기며 나비 한 마리 날아다닐 뿐. 환한 독서등처럼 할미꽃 한 송이가 저만치 피어 있을 뿐.

　　아까시나무

눈이 왔다. 먼 곳에서 온 손님을 앉아서 맞을 수는 없어 인왕산으로
갔다. 사무실 가까이 뒷산이라지만 호젓한 능선과 함께
깔딱고개가 구비되어 있어 가쁜 숨을 토해내야 했다. 이런저런
쓸데없는 생각도 해 보는데 어느덧 정상이다. 눈은 땅에서 솟아난
것이 아니라 분명 하늘에서 내린 것이다. 저 푸른 곳에서 떨어져
나왔는데 왜 흰색일까. 나의 시선은 흰 구름을 딛고 멀리멀리
나아갔다. 몇 해 전 해돋이 보러 갔던 감포의 대왕암 앞바다가
떠오른 것이었다. 거칠 것 없이 출렁이는 바닷가. 바다에 소금이
없어 밍밍하다면, 바다는 바다일 수 없을 것이다. 검푸른 바닷물이
모래밭에 몰려와 흰 거품으로 까무러친다. 바닷물이 마지막에
흰색이 되는 건 흰 소금과 모종의 관련이 있는 게 아닐까.
　　오늘따라 공중을 걷는 듯한 기분으로 산을 내려오는 길.
인왕산 둘레길 전망대인 무무대無無臺에 서면 서울이 한눈에
들어온다. 저 울긋불긋 뽐내는 문명의 색들을 모두 더한다면
아주 지독한 검은색이 될 것이다. 코끝에 닿을 듯 가까이에는
아까시나무가 서 있었다. 콩보다 납작한 열매 꼬투리를 달고 있는
저 나무는 콩과 식물이다. 오늘 아침에 먹은 콩나물과 한 가족인
셈이다.
　　지금 내 머릿속을 찌르는 건 나무의 가시나 줄기가 아니었다.
나의 궁리는 아까시나무의 뿌리로 뻗어 갔다. 뿌리는 나무를
탄탄히 떠받치는 역할을 하는 한편 물을 찾아 캄캄한 흙 속을
헤맨다. 직접 볼 수는 없지만 굳이 색을 따지자면 뿌리나 물이나

흰색에 가까울 것이다.

일련의 색깔에 대해 생각해 보다가 문득 주위에 있는
등산객의 머리에 자연스럽게 눈길이 갔다. 모두들 희끗희끗해지는
육체의 끝. 더러는 염색약으로 가리기도 했지만 솟아나는
머리카락의 흰색은 감출 수가 없다. 나의 그것 또한 예외일 수는
없다. 어쩔 수 없이 마지막을 향하는 몸이 길어 올리는 색깔은
흰 구름과 흰 소금, 흰 뿌리와 긴밀히 내통하는 것! 내가 뿌리를
가진 한 그루 나무였다면 목숨이 다할 때까지 부둥켜 안고 가야 할
근심이나 불안도 저 아까시나무의 가시처럼 자라나겠지. 그래서
한 번 더 눈길이 가는 아까시.

아까시나무, 콩과의 낙엽 교목.

수양버들

을미년 신년 연휴, 다리를 삐끗해서 산으로 가지 못했다. 별다른
성과도 없이 또 한 해를 보내나. 고작 나무 허리춤의 높이에
있는 달력을 교체하는데 긴 한숨이 나왔다. 빈둥빈둥 뒹굴다가
팔다리를 휘휘 저으면 그야말로 시간의 강을 떠내려가는 뒤집히기
직전의 조각배라도 된 기분이었다. 이리저리 텔레비전 채널을
돌리는데 케이비에스의 신년벽두 특집 방송으로 백두산 다큐가
나왔다. 첫 편 「백두산―하늘과 바람의 땅」은 백두의 자연과
생태, 천지와 구름, 그리고 야생화를 집중해서 다루고 있었다.
이 엄동설한에 보게 되는 두메양귀비, 하늘매발톱, 가솔송,
날개하늘나리 등 오뉴월의 귀한 꽃들이 추위를 조금 몰아내 주는
것 같았다.

두번째 편 「백두산―백두고원 사람들」은 백두고원 골골마다

깃들어 사는 사람들의 삶이었다. 화면에 훤칠한 키의 버드나무가
자주 등장했다. 저마다 곡진한 이야기가 여럿 소개되었다. 그중
잎갈나무 굴뚝이 내굴(매운 연기)을 잘 빨아내는 지린성 허룽시
백리촌의 강옥미 할머니가 인상적이었다. 열여섯 살 때 재가한
모친에게 외할머니를 모셔다드리려고 고향인 평양을 떠났다.
하지만 차마 외할머니와 떨어질 수 없어 그대로 백두산에
주저앉았다고 했다.

　　"여기에 눌러앉으니까 속절없이 인간 수업도, 성공도 못하고
땅을 뒤지면서 땅에서 낟알을 주워 먹고 삽니다." 경상도 밀양
출신의 남편을 만나 다섯 남매를 키우고, 한국인과 결혼한 셋째
딸을 두게 된 할머니. 수많은 사연과 간난신고를 감당한 강
할머니의 선한 눈매가 많은 말을 하고 있었다.

　　우리나라의 버드나무는 그 종류가 제법 많다. 내가 이제껏
직접 본 건 호랑버들, 갯버들, 왕버들뿐이다. 생각건대 수양버들이
눈으로 아니 들어왔을 리 없다. 하지만 대접할 줄 몰랐으니
아니 본 바와 진배없는 셈이었다. 봄이 오면 수양버들을 찾아
두리번거려야겠다. 어려서 첼로를 배웠고 울적하면 노래로 시름을
달랜다는 강옥미 할머니, 옌볜 노래자랑 대잔치의 우수상에
빛나는 할머니의 꾀꼬리 같은 노래 「백두산의 눈물」이 귀에
쟁쟁하기 때문이다. "수양버들 휘늘어진 시냇가에서 너는 신랑
나는 각시 약속하였지. (…) 사랑아 내 사랑아 지지를 말아라. 석양
노을 붉어주니 알아주려나."

　　수양버들, 버드나무과의 낙엽 교목.

회화나무

이제껏 살아오는 동안 사흘짜리 새해 결심을 세우는 방법은
해마다 달랐다. 산에 오르거나 바다를 찾거나 혹은 새 달력
아래에서 붓글씨를 쓰거나. 국악방송에 채널을 맞추고 이어질 듯
끊어지고 끊어질 듯 이어지는 수제천壽齊天의 장엄한 가락에 귀를
씻기도 했다.

　어쩌다가 일 년의 시작을 겨울에 두게 되었는지는 모르겠지만
세월의 매듭을 짓고 풀 때마다 일기 속의 날짜만큼이나 들과
산에 숨어 있는 식물의 근황에도 신경을 쓰게 되었다. 그리하여
최근에는 하루라도 빨리 꽃 소식을 염탐하러 남녘으로 나서게
되었다. 하늘로 열린 야생이 아니라 닫힌 지붕 아래서 신년 출발을
한다는 게 어쩐지 스스로 못마땅해서다.

　경주에서 감포로 넘어가는 추령터널 근처에서 기림사,
이견대, 대왕암으로 가는 샛길로 접어들었다. 기지개를 켤까
망설이는 키 작은 풀들과 구름의 재료를 공급하겠다는 듯
뭉클뭉클 연기를 올려 보내는 낮은 굴뚝. 쌀쌀한 산촌散村의 좁은
옛길을 걸어 모차골에 이르니 이런 안내판이 있다. "왕의 길. 이
길은 용성국의 왕자인 석탈해가 신라로 잠입하던 길이며 삼국
통일을 이룬 문무왕의 장례 행차 길이며 신문왕이 용이 되신
부왕인 문무왕에게 신라의 보배인 옥대와 만파식적을 얻기 위해
행차했던 길이기도 하다."

　전설로만 남은 만파식적萬波息笛으로 수제천을 연주하는
상상을 해 보면서 재위 기간 고작 반나절의 왕이라도 된
어마어마한 기분으로 '왕의 길'을 걸어, 마침내 신라시대에는
불국사를 말사末寺로 거느렸다는 천년 고찰인 기림사에 도착했다.
절의 뒷마당으로 가는 초입에 서 있는 나무들. 그중에서 단연

돋보이는 건 회화나무였다.

나무木와 귀신鬼을 합친 괴槐로 표기하되 회화로 읽는 나무 이름. 잡귀를 물리치는 신통력이 있어 궁궐이나 서원, 향교 등에 많이 심었다고 한다. 그래서 기림사는 입구에 저 회화나무를 세워 두었고 나는 올해의 입구에서 이 나무를 만난 것이다. 우람한 나무를 경배하듯 쳐다보며 동정同定에 몰두하는 꽃동무들. 그야말로 나무와 사람이 어우러진 한 폭의 그림 같은 풍경이 아닐 수 없었다.

회화나무, 콩과의 낙엽 교목.

물오리나무

조금 맵싸하게 춥기는 하지만 청량한 날씨다. 부산에서 온 꽃동무들이 사무실을 방문해 함께 심학산에 갔다. 먼 산에 가는 대신 휴일의 뒤풀이를 가볍게 하기로 한 것이다. 아스팔트 도로를 차로 따라갔더라면 주문진횟집, 돼지갈비집, 주꾸미볶음집, 콩당보리밥집 등등의 간판뿐이었을 것이다. 숲속을 걸었더니 심산유곡의 울창함에는 못 미친다 해도 상수리나무, 개암나무, 층층나무, 청미래덩굴, 노린재나무, 생강나무가 그런대로 이정표가 되어 주었다.

수북하게 쌓인 겨울 낙엽들은 어느 나무 출신인지를 알기가 매우 힘들다. 그 짧은 낙하 도중에도 심술궂은 바람의 개입에 의해 얼마든지 골짜기 하나를 뛰어넘기도 하는 것이다. 물기를 잃고 비틀어지고 흙으로 녹아들 때면 잎들의 모습은 거의 비슷해진다. 그래도 꽃동무들은 궁금한 나무 앞에서는 낙엽 더미를 헤치고 잎을 찾거나 가지를 당겨 겨울눈을 확인하면서 나무를 동정했다.

어느새 심학산 약천사 뒤쪽 골짜기에 이르렀다. 엄청나게
큰 황금색 부처님이 연꽃 좌대에 앉아 계시고 그 앞에서 불공을
드리며 절을 하는 분이 여럿이다. 겨울 산은 허전하다. 팥배나무의
붉은 열매, 작살나무의 보랏빛 열매가 겨우 달려 있을 뿐 다른
나무의 가지들 끝에는 달려 있는 것이 없다. 겨울이 에누리 없이
장악한 심학산 골짜기. 상록수인 소나무, 리기다소나무, 잣나무가
드문드문 서 있는 가운데 약천사에서 울려 나오는 예불 소리를
두루 휘감으며 서 있는 나무가 있다. 어느 산에 가도 한두 번은 꼭
만나는 물오리나무였다.

물오리나무의 수피에는 다른 나무와 뚜렷이 구별되는 특징이
있다. 수피에 박힌 커다란 문양이 어쩌면 무릎이나 팔꿈치의
소용돌이무늬 같기도 하고 또 어쩌면 소의 눈시울 같기도 하다.
오늘 약천사 뒷산 중턱에서 약사여래대불을 지척에 두고 만난
회색빛 물오리나무 껍질에 박힌 것은 반쯤 뜨고 반쯤 감은 듯한
부처님의 눈처럼 깊고 그윽하다. 생과 사를 관통하고 무한의 저
너머까지 두루 꿰뚫는 시선을 느끼기에 충분했던 물오리나무.

물오리나무, 자작나무과의 낙엽 교목.

무환자나무

꽃산행을 다녀와 짐을 풀고 허기진 배를 채우고 겨우 한숨을
돌리는데 이비에스 텔레비전 「세계의 명화」에서 「잉글리쉬
페이션트」가 시작하고 있었다. 몇 년 만에 다시 보니 영화의
감흥이 새로웠다. 마지막 장면. 파란만장한 일을 겪어낸 알마시는
화상火傷으로 뭉그러진 손을 겨우 들어 앰풀 통을 쓰러뜨린 뒤
한나에게 눈짓으로 신호한다. 그렇게 해서 치사량의 모르핀을

자신의 몸속으로 들이면서 장작처럼 빳빳해진다.

　모든 인생을 스크린에 옮길 수는 없겠지만 영화 같지 않은 인생은 없을 것이다. 그런 생각을 하면서 자리에 누웠으나 저녁에 본 부음 기사가 퍼뜩 떠올라 쉽게 잠들지 못했다. 신영복(1941-2016) 선생이 별세했다는 기사였다. 뉴스에 따르면 이십 년 넘는 감옥 생활로 고초를 겪은 선생은 진통제 모르핀이 듣지 않을 정도로 병세가 악화되자 스스로 열흘 정도 곡기를 끊었다고 했다.

　어느 해의 제주도 식물 탐사. 마지막 일정은 한림수목원을 둘러보는 일이었다. 어느 나무 앞에서 특징을 살펴보다가 슬그머니 자리를 빠져나왔다. 나무 곁에 꽂힌 팻말의 이름을 보자니 은근한 속셈이 생겼던 것이다. 나무 앞을 서성이는 사람들과 나무 이름을 적은 팻말, 우람한 기둥의 나무를 함께 사진 찍었다. 훤칠하게 자라 아름드리 줄기로 큰 그늘을 이룬 그 나무는 무환자나무였다. 이름 속의 '환자'는 액면 그대로의 환자患者, '페이션트patient'는 아니나 뜻은 서로 통한다. 살아 있는 사람 치고 환자 아닌 이가 어디 있던가. 집에 심으면 우환이 생기지 않는다는 의미로 무환자無患子라는 이름을 얻었다고 하는 무환자나무.

　일면식은 없었지만 선생의 책은 더러 읽었고, 선생의 붓글씨로 화제가 된 소주 '처음처럼'은 아주 많이 마셨다. 아마 그런 이가 나뿐만은 아닐 것이다. 나무는 겨울이 오기 전 스스로 기공을 닫고 낙엽을 준비한다. 건조시킨 잎을 모조리 떨구어 혹한의 계절을 통과하면서 또 한번 스스로를 갱신하는 것이다.

　이제 선생은 이승을 떠났지만 많은 이들의 가슴에 큰 나무로 자리 잡은 것 같다. 나무는 '나무야 나무야'가 되고 이윽고는 '더불어 숲'이 될 것이다. 영화 「잉글리쉬 페이션트」의 여운 속에서 떠나간 이를 떠올린 밤. 선생의 갱신을 한편으로

부러워하며 더불어 무환자나무도 생각해 본 밤.

무환자나무, 무환자나무과의 낙엽 교목.

나도밤나무

귀족의 정의란 '태어나자마자 은퇴한 사람'이라는 말을 들었다.
아등바등 살아가야 하는 사람이라면 누구나 정곡을 찔렀다는
기분이 들 것이다. 이런 말도 있다. 왕족은 평생 손잡이를 잡을
일이 없다고 한다. 어디를 가나 세상을 칸막이하는 문이 항상 먼저
열려 있기 때문이다. 손이란 바깥에 그냥 달려 있는 게 아니다.
밑천이라고 달랑 고것뿐인 육체가 자신이 속한 이 세계와 가장
직접적으로 접촉하는 관문이다. 그러니 그들은 세상의 문을
스스로 여는 기회를 봉쇄당한 채 살아가는 존재라 할 수 있겠다.
지금도 우리 주위에는 그런 이들이 많다. 자신의 문을 자신의
손으로 직접 열지 못한다면 이만한 대리 인생이 어디 또 있을까.

산으로 가지 않을 때면 우면산 자락의 국립국악원에 가서
「토요명품공연」을 보기도 한다. 국악 고수들의 소리와 악기로
귀를 흠뻑 씻는 시간이다. 여러 다양한 공연에서 대개 마지막을
장식하는 건 고전 무용이다. 마음을 홀릴 듯한 흰옷을 차려입고
도살풀이춤을 추는 무용수를 보며 내가 주목하는 건, 허공으로
길게 뻗어 나가는 손가락 끝이다.

나무에게도 그들만의 시간이 있을 것이다. 나무들에겐 잎을
달았다가 떼는 것이 달력이고, 제 앞을 지나치는 등산객들의
차림새나 얼굴 표정이 곧 시계이리라. 꽃도 없는 요즘 산에 가서
뭘 보느냐는 이들이 있다. 하지만 겨울은 겨울대로 보아야 할 게
많다. 눈꽃을 헤치고 가서 꽃이나 열매가 아닌 엽흔이나 겨울눈을

160

관찰하는 것도 충분히 하나의 세계이다. 엽흔이란 낙엽이 떨어질
때 잎이 붙어 있던 자리에 남은 흔적이다. 그 모양이 나무마다
독특해서 원숭이 얼굴이나 하트 모양은 물론 돌아가신 외할머니의
옆모습을 닮은 것도 있다. 그처럼 나무들의 숨어 있는 특징을
살피며 지리산의 한 자락을 훑는 동안 나도밤나무의 겨울눈이
유독 나의 눈길을 끌었다. 유월에 피는 탐스러운 꽃도 꽃이지만
이런 한겨울에 손가락을 각기 다른 방향으로 꼬부리고 있는
겨울눈을 그냥 지나치기란 어렵다. 물가나 바위틈에 뿌리를 두고
내 눈높이를 얼추 맞춰 주는 나도밤나무의 겨울눈. 그 언젠가 국악
공연에서 본 무용수의 가지런한 손끝, 조지훈의 「승무」 속 그 손을
너무나도 빼닮은 나도밤나무의 겨울눈!

　나도밤나무, 나도밤나무과의 낙엽 교목.

　소사나무
시절이 수상하니 날씨도 공중에서 갈피를 못 잡는가. 소한
지나고도 봄날같이 따뜻하다. 풀어진 날씨 덕분에 가벼운 흥분을
이기지 못해 강화도 마니산의 함허동천涵虛洞天을 찾았다. 입구의
입간판에 따르면 함허동천은 '구름 한 점 없이 맑은 하늘에
잠겨 있는 곳'이란 뜻이다. 한편으론 그 뜻보다 먼저 이름을
발음하는 순간 혀끝을 툭 때리고 가는 인상적인 느낌이 있었다.
마니산은 악산惡山이다. 함허동천에는 어쩐지 어둡고 허허로운
그 이름에 걸맞게 바위 주위에 검은 흙이 이끼처럼 포진해 있다.
대지에는 아직 겨울의 기운이 승했다. 서릿발에 꼬집힌 흙들이
주상절리처럼 꼿꼿하게 서 있었다.

　거의 수직에 가까운 계단을 지나 드디어 바위 능선에

도착했다. 사방의 툭 트인 호쾌한 풍경에 시야가 넓어졌다. 벌써 정유년이 꽤 지나가기는 했지만 음력으로 따지자면 아직 설밑이다. 새해를 즐길 자격이 아직은 충분한 것이다. 김밥과 소주가 사이좋게 어울린 자리에 함허동천의 뜻과 맞춤하게 어울리는 수제천 한 자락을 불러들였다. 음량을 최대치로 높인 유장한 가락을 따라 몇 가지 궁리가 흘러나왔다.

최초의 생물은 바다에서 생겨났다고 한다. 좀 전에 흘린 땀이 저 바다의 소금과 같은 성분이란 것도 그것의 한 증거가 되리라. 하지만 마니산의 능선에 선 오늘 결이 조금 다른 한 문장을 더 보태고 싶다. 단세포는 세포분열을 반복한 뒤 이윽고 격을 갖춘 고등한 생물로 진화했다. 그중에서도 최초의 인간은 사나운 짐승을 피해 산으로 올랐다가 아래로 추락한 존재가 아닐까. 그래서 고향을 찾듯 외롭고 높고 쓸쓸한 이곳으로 오르는 것이다. 그리하여 이런 시 한 구절에 그만 마음이 공명해 버리는 것이다. "산골로 가는 것은 세상한테 지는 것이 아니다 / 세상 같은 건 더러워 버리는 것이다."(백석, 「나와 나타샤와 흰 당나귀」 중에서.) 어느덧 참성단塹星壇에 도착했다. 말굽처럼 쌓은 제단이다. 멀리서 보니 진화론의 계통수처럼 위용을 자랑하는 나무가 있다. 가까이서 보니 더욱 고결한 자태이다. 풀 한 포기 없는 척박한 바위투성이 환경에서 굳건히 뿌리를 내리고 있는 건 소사나무였다. 아득한 공중에 촘촘히 가지를 뻗어 가는 나무는 잎도 열매도 없이 겨울을 견디고 있다. 이 나무 덕분에 강화는 마니산을 앞세우고 바다 바깥으로 불쑥 솟아날 수 있었다. 까마득한 시절에 이곳에서 단군이 하늘을 우러러 제사를 지냈다던가. 저 아슬아슬한 가지 끝의 한자리가 오늘의 내 위치다. 이제 또 저 아래 세상으로 내려가야 하는 나를 물끄러미 바라보는 소사나무.

　소사나무, 자작나무과의 낙엽 교목.

　먼나무

출렁출렁 부산이다. 예전에는 꼭 무슨 일이 있을 때만 부산에
왔다. 멀리까지 와서도 행사장에서 박수 치고 밥 먹고 부리나케
부산역을 통해 부산을 빠져나가기에 바빴다. 그러니 부산에 와도
정작 부산은 어디에도 없는 셈이었다. 이번에는 정해진 볼일 없이
그냥 훅 떠나온 여행이다. 덤으로 꽃이나 볼까 했는데 외려 된통
추위만 만났다. 모처럼 만난 부산의 날씨는 보통 추운 게 아니었다.
김이 설설 나는 돼지국밥집으로 뛰어들었더니 주방의 아지매도
이제껏 살면서 이런 추위는 처음이라며 맞장구를 쳐 주었다.

　오후 두시, 영도다리 밑으로 갔다. 이상의 「날개」에 나오는
마지막 장면처럼 뚜우 하고 사이렌이 울었다. 영도다리가 천천히
공중으로 올라갔다. 섬이 아니라 하늘로 가는 다리가 신기해서
여기저기 기념사진 찍는 소리가 요란했다. 제법 높게 벌어져
올라간 다리를 뒤로하고, 나무를 찾아 바닷가로 향했다.

　예전의 부산은 바다 근처라서 그런지 겹겹이 산도 많았다.
그래서 이름도 부산釜山이 아니겠는가. 범일동, 우암동, 문현동,
대연동, 용호동의 골짜기 하나하나마다 내 지난 시절이 깃들어
있다. 그 앞을 지날 때면 아코디언 주름을 열었다 닫는 것처럼 옛
추억이 연주된다. 이기대 해안 산책로 너머로 가는 길. 아스팔트를
깔아 널찍한 도로를 조성하기 전에는 이 길도 흙냄새 물씬하도록
호젓한 길이었을 것이다. 경사가 급한 길을 오르느라 숨을
몰아쉬며 급히 올라탄 택시 안에서 기사가 한 말씀을 했다. "뭐

있능교, 아나고 한 접시로 목에 때 벗기고 노래방 가서 한 곡조
땡기믄 최고라예." 무심코 내뱉는 아저씨의 저 한 문장에 부산
사람들의 행복이 고스란히 담겨 있는 듯했다.

처음 보는 건 아니었지만 내 눈을 호리기에 충분한 나무를
도로에서 만났다. 주로 제주도나 남부 지방에 자생하지만
가로수로 널리 심는 나무. 여름에 피는 꽃만큼이나 아름다운
열매를 겨울 내내 달고 있는 나무, 먼나무였다. 이름의 유래는 잘
모르겠지만 이런 나무가 있어 멀리 나무 너머를 한번 바라보게
되기도 하는 것. 먼나무 위로 굶주린 새가 날고 그 밑으로 버스와
행인 하나가 지나갔다. 몇 십 년 전으로 시간 여행을 떠난다면 나도
바다를 보고 놀라는 승객이나 교련복 입은 행인으로 등장했을
풍경이었다.

먼나무. 감탕나무과의 상록 교목.

백서향

밤이 아니라 낮이었다. 그 덕분에 사방이 잘 보였다. 경사가
있었다. 미끄러지면 곧장 바다로 풍덩 빠지는 곳이었다. 나비만
한 체중이라면 모를까 묵직한 나는 그대로 출렁이는 물속에 푹
가라앉을 것이다. 나무들은 가파른 비탈 따위는 간단히 제압하고
지구의 중심을 향해 뿌리를 뻗고 있었다. 바다와 닿은 곳이지만
나무가 먹는 건 짠물이 아닐 것이다.

여기는 거제도 근처, 우리 국토의 최남단 한 자락인
벼락바위다. 아직도 겨울이 한창이다. 봄이 오려면 아직
멀었다지만 그건 달력 속의 사정이다. 남해안 바닷가 언덕에는
정유년의 봄꽃들이 벌써 피어나고 있었다. 뫼제비꽃, 붉은대극,

복수초를 눈으로 만지고 손으로도 만져 보았다. 신기한 감정이 일어났다. 올해도 어김없이 또 시작이군, 이렇게 저 대지의 밑바닥에서부터.

이곳은 겨울에도 그리 춥지가 않아서 나무가 낙엽을 만들지 않는다. 계절이 바뀌어도 잎을 바꿀 필요 없는 상록수들. 그처럼 육중하게 자신만의 세계를 이룩한 나무들 사이에는 작은 나무도 존재한다. 다 자란다 해도 겨우 허리춤을 찌르는 정도인 관목이자, 키가 작아서 아주 다정하고 몸피가 작아서 아주 다감한 나무. 제주도에도 있기는 하지만 뭍에서는 단지 몇 군데에서만 관찰되는 희귀한 나무. 백서향이다.

백서향은 거제도 맨 아래쪽 바다와 인접한 곳에서 자라고 있었다. 한두 포기가 아니라 띄엄띄엄 무리 지어 사이좋은 산촌散村의 인가처럼 흩어져 있었다. 다른 나무들이 깊은 겨울잠에 빠져 있는 동안 백서향은 깨어 있었다. 추위를 이기며 꽃이 활짝 핀 것이었다. 줄기를 따라 서로 어긋나며 매달린 잎들을 배경으로 십자 모양의 꽃들이 야무지게 다발을 이루고 있었다.

올해 처음 만난 나무의 꽃이 백서향이라서 좋았다. 이름에서부터 그윽한 향기를 자랑하더니 실제로 만나서도 은은한 향이 풍겨 왔다. 향기까지 담겠다는 태세로 카메라를 들이대던 한 꽃동무의 감탄사가 나비처럼 날아와 딱딱해진 내 가슴을 때렸다. "겨우내 얼어붙어 있던 마음까지 녹여 주는 향기로군요!"

백서향, 팥꽃나무과의 상록 관목.

비목나무

우리나라에서 제주도 다음으로 큰 섬인 거제도 가는 길. 고등학교

시절 부산에서 쾌속선 돌핀호를 타고 여행했던 기억과 함께
포로수용소를 떠올리지 않을 수 없었다. 어느 눈 맑은 시인의 그
커다란 눈동자에도 이 풍경들이 다 담겼을까. 그는 오늘의 나처럼
여유로운 꽃산행객이 아니라 포로의 신분이었다. 그것도 이
섬에서 몇 개월 머무르다 이내 부산 거제리에 있는 포로수용소로
이동해야 했던 운명이었다.

　　얼핏 이정표가 차창을 스친다. 거제도 포로수용소의 잔존
기념물이라고 한다. 날카로운 화살표 옆으로 '잔존'이라는 단어가
생경하다. 포로들은 오래전 여기를 떠났지만 그 흔적은 이렇게
생생하게 남아서 존재하는 것이다. 언젠가 포로수용소에 생존하는
식물상을 직접 조사해 보리라 마음먹고 오늘은 그냥 지나친다.

　　이번에 목적한 곳은 비상하는 꾀꼬리를 닮았다는 앵산이다.
꾀꼬리를 담은 그 이름이 좋아서 한 번 더 이름을 입안에 넣고 굴려
보지 않을 수 없는 앵산. 이름이 이리도 강력하니 다소 철이 이르긴
하지만 땅심이 대단하여 혹 봄꽃이 엄동설한의 찬 기운을 뚫고
오를지도 모르는 일이다. 나의 기대가 꽃의 의욕을 너무 앞지른
건 아닐까 했더니, 어라, 노란 복수초가 여러 촉 환히 피어 있었다.
가장 먼저 접촉하는 정유년의 봄꽃이다. 내 볼에 훅 곤지처럼
들러붙는 듯 반갑기 그지없다. 변산바람꽃도 보았더라면 주체
못할 희열이 얼굴에 환히 번졌겠지만 이만해도 충분했다. 뜻밖의
봄꽃으로 마음이 아연 환해졌다.

　　그래도 조금 아쉬워 허전한 시선을 거두려는 참인데
너덜겅을 배경으로 일군의 나무가 눈에 들어왔다. 보통 산에서
흔한 나무이긴 하지만 이렇게 집단적으로 만나는 건 처음이었다.
그것은 비목나무로, 수령이 족히 수십 년은 됨직하게 굵은 나무
수십 그루가 모여 있었다. 비목나무는 수피가 조금 지저분하게

보인다. 하지만 이른 봄에 피는 꽃은 그 향이 은은하고 은근해서 발길을 붙든다. 이름에서 많은 것을 생각나게 하는 비목나무는 어느 산을 가도 으레 한두 그루는 만나기 마련이다. 오늘 만난 앵산의 비목나무는 그저 평범한 비목이 아니었다. 어쩌면 이 지역에서 혹독한 포로 생활을 견뎌야 했던 시인 김수영의 시선도 묵묵히 받아내었을 비목이기에.

비목나무, 녹나무과의 낙엽 교목.

으름덩굴

경주에 가면 다른 도시와는 비교할 수 없는 특별한 감흥에 젖지 않을 도리가 없다. 서울 시민에서 벗어나 천 년 전의 신라인으로 잠시 변신하게 되는 것이다. 김광석의 노래 「두 바퀴로 가는 자동차」를 흥얼거리며 '네 바퀴로 가는' 버스를 타고 경주역 앞 성동시장에 가면 '포수에게 잡혀 온 잉어'가 눈을 껌뻑거리며 한숨을 쉬고 있을 것만 같다. 구름이 낮게 깔린 도시. 저 구름은 천년 전 서라벌의 하늘을 떠돌던 구름과 크게 다르지 않으리라.

무덤이 광장을 지키고 있는 신경주역에 도착하니 오후 세시 삼십분. 나의 일생을 하루로 요약해 본다면, 지금의 내 나이가 오늘의 이 시간 무렵일 것이다. 그냥 맥없이 허둥대다가 전기 문명이 제공하는 어지러운 도심의 불빛에 속절없이 포박되기는 싫었다. 얼른 몸을 날려 남산 자락의 칠불암으로 향했다. 몇 굽이를 지나고 몇 개의 무덤과 몇 개의 탑을 지나니 동지를 며칠 앞둔 하늘은 벌써 뉘엿뉘엿 해가 지는 분위기였다.

초행은 아니었기에 무서울 건 없었다. 보름달도 믿었다. 돌부리에 걸려 자빠지면 또 어떠랴. 남산에서 넘어졌으니 남산을 짚고 일어나면 될 일이다. 사위질빵이 돌담을 기웃거리고 있는 산 초입의 농장을 지나니 호젓한 오솔길 좌우로 소나무가 빽빽하다. 활성탄층을 통과하며 오수가 정화되듯 나는 이 훤칠한 숲을 지나가며 마음을 세탁하는 중이다. 숨결마저도 몸속 노폐물을 바깥으로 연신 뱉어내는 중이다.

드디어 가파른 돌계단이 보이고 대나무의 한 종류인 울창한 이대가 칠불암에 다 왔음을 알려 준다. 이제 조금 뒤면 국보 제312호 마애불상군 앞의 야단법석에서 백팔 배를 올리고, 내가 몹시도 좋아하는 칠불암 툇마루에 시린 엉덩이를 부려 놓으며 토함산을 건너가는 보름달을 볼 수 있겠다.

"크게 한 번 후, 하고 숨을 내쉬세요." 심호흡 한번 크게 하라는 뜻을 장난스럽게 적어 놓은 안내문. 그 옆의 으름덩굴은 창백한 잎사귀를 아직 달고 있다. 장소가 칠불암 앞이라서 그런지 편평한 여섯 장의 잎은 부처님 손바닥처럼 보인다. 으름덩굴은 혼자 설 수 없어 생강나무를 타고 올랐다. 땅을 기어야 하는 덩굴성이지만 주위의 나무를 짚고 공중으로 뛰어오른 것이다. 나도 저 으름덩굴처럼 몸을 가볍게 엮고 엮어서 오늘 밤엔 토함산 위 보름달로 훌쩍 건너가 볼까!

으름덩굴, 으름덩굴과의 덩굴성 나무.

산개벚지나무

눈이 펄, 펄, 펄, 내리기 시작했다. 뜻밖의 눈사태였다. 하늘을 살피니 쉽게 그칠 눈은 아니었다. 꾸물꾸물한 기세에 발길을 돌리려다 이런 날이 아니면 언제 오리무중의 산중을 헤매겠더냐. 그대로 진행했다. 경북 풍기의 희방사 부도탑을 지나는데 눈

사이로 지상의 모든 소리가 꼬리를 감추어 적막만이 탑처럼 우뚝
섰다. "내 속엔 내가 너무도 많아 당신의 쉴 곳 없네." '시인과
촌장'의 노래, 「가시나무」의 첫 소절이다. 평지를 걸을 땐
몰랐는데 가파른 깔딱고개를 오르자니 어느새 그가 또 나타났다.
헉, 헉, 헉, 하는 낯선 숨소리가 가까이에 있다. 등 뒤에 누가
따라붙었나 싶어 돌아보면 어느새 숨소리가 내 가슴속으로
숨는다. 내 속에는 나도 모르는 이가 살고 있는가 보다. 자꾸 걷다
보면 산의 정상에 오를 수 있듯, 이 과격한 자를 쫓아내면 그 어떤
경지에 이를 수 있는 것일까.

처음 오르는 것은 아니었지만 눈 속의 소백산은 새로운
산이었다. 점점 희미해지는 길을 어림으로 짚으며 무사히 연화봉
대피소에 도착했다. 하늘에 무슨 벽이라도 있는가 보다. 딱, 딱, 딱,
공중에 부딪치는 바람 소리를 들으며 밤을 건넜다. 또 하루 늦은
몸으로 연화봉과 비로봉, 천동계곡으로 하산하는 길. 인간들의
등산로를 가로질러 눈밭으로 걸어간 어느 짐승의 발자국이
흐릿했다. 부드러운 눈밭에서 움푹 뚜렷한 자취를 남기지 못한
건 이 겨울 먹이를 구하지 못해 가벼워진 짐승의 무게 때문일
것이다. 어느덧 다래교에 도착했다. 꽃이 사라진 이 산중에서 내내
만나고자 했던 나무가 멀리 보였다. 가시나무였더라면 얼마나
좋았을까. 노래 속의 가시나무는 가시가 많은 나무를 통칭하는
것이지만, 참나무과의 가시나무도 실제 존재한다. 남쪽 해안이나
제주도에서만 드물게 자생하는 나무이다.

계곡을 거의 내려와 물소리도 순해진 곳에서 발길을 멈추고
오래 바라본 나무는 산개벚지나무였다. 작년 오월에 왔을 때
인사를 나누었던 나무. 다닥다닥 달리는 흰 꽃도 꽃이지만 이
나무의 특징은 단연 수피다. 슬픔의 울혈처럼 붉은 색이 배어나는

169

듯, 칭칭 감은 붕대 사이로 푸른 멍 자국이 보이는 듯한 나무의
껍질. 지금은 겨울이라 그 느낌이 더욱 강했다. 산개벚지나무는 찬
기운을 뚫고 오늘도 하늘로 묵묵히 걸어가고 있었다.

　산개벚지나무, 장미과의 낙엽 교목.

　대나무

대나무 모르는 이 어디 있겠나. 한번은 색다른 장소에서 특별한
대나무를 보았다. 찬바람 죽죽 불어대는 일요일 오후. 모처럼
산으로 들지 않고 지하로 파고들었다. 두더지처럼 땅속을 빙빙
돌다가 지상으로 나와 보니 삼성역 근처 '한국문화의집'이었다.
'타계 10년 / 씻김 / 혁혁한 무공을 기리는 장장 6시간의 굿판 /
박병천.' 공연 현수막이 길게 드리워져 있었다. 서울에서 진도까지
가고도 남을 시간 동안 진행되는 「박병천 타계 10년, 씻김」의
공연이었다. 칠 년 전 같은 장소에서 「가무 악인 박병천 3년 탈상
씻김」 공연에 홀딱 넘어간 적이 있었다. 그때 앞으로 십 주기, 이십
주기 추모 굿판에도 반드시 참석하리라는 결심을 했으니, 오늘은
그것을 실천하는 자리인 셈이었다.

　이승의 사람들이 절절한 마음을 담아 펼치는 공연을 사진
속에서 흐뭇하게 바라보고 있는 무송舞松 박병천 명인. 무대에는
소박한 제사상이 차려졌다. 혹 진도에서 가져온 것일까. 여러
과일들이 진설되어 있고 병풍 옆에 대나무 한 그루가 서 있었다.
실내에 우뚝 솟아 있는 대나무를 보니 저승에 뿌리를 두고
이승으로 건너온 나무 같아서 신령스럽다. 나무에는 망자의 넋을
담은 인형 같은 모습의 지전紙錢이 걸렸다. 이승과 저승을 넘나들
듯 그네라도 타는 모습이었다.

이윽고 안당, 초가망석, 고풀이, 길닦음 등등의 순서로 공연이
펼쳐졌다. 여러 국악기가 어우러진 가운데 대나무로 만든 대금을
불고 있는 이는 고인의 장남이다. 피리 소리는 애절하게 공중을
휘감고 돌아 대나무를 짚었다가 내 귀로 들어왔다. 구성진 음악이
산 자들의 마음을 사로잡았다. 흥을 이기지 못하고 팔을 꺼내
나뭇가지처럼 흔드는 이도 여럿이었다. 오늘밤 이 자리에 모여
우리 가락에 빠진 이들, 어느 경계까지 갔다가 오는가.

대나무의 이름은 철석같이 '나무'라고, 그것도 '대'라고 되어
있지만 실은 풀의 특징이 더 강하다. 부름켜가 없어서 굵기가
더 이상 커지지 않으며 속은 비었다. 대부분의 풀이 겨울이면
지상부가 사라지는 데 비해 대나무는 목질부가 있어 단단히
형태를 유지한다. 이러니 대나무는 풀과 나무를 넘나들 듯, 이승과
저승의 한 경계에서 우뚝 서 있는 것. 대나무는 그냥 나무가
아니다. 고향집 뒤뜰에 있던 대나무를 떠올리기도 하면서, 나는
박병천 명인을 기리는 공연장의 어두컴컴한 객석에서 저승을 딛고
이승을 굽어보는 대나무와 마주하고 있다.

대나무, 벼과의 상록성 여러해살이 식물.

노간주나무

보잘것없는 나의 몸도 나에겐 대륙이다. 좁다면 좁겠지만 그
안에서 벌어지는 일들이 참 많다. 내 몸의 일이라도 내가 모르는
일들의 수가 더 압도적이다. 넓다면 또한 얼마나 넓은 곳이더냐.
나에게 속한 곳이라지만 아직도 못 본 구석이 너무 많다. 나는 나의
전모를 동시에 볼 수가 없다.

해가 바뀌는 날임에도 책상 앞에 맥없이 앉아 있자니 왠지

억울한 생각이 들어, 사무실 뒤 심학산으로 갔다. 정유년의 마지막 햇살이 기울고 있었다. 때가 때이니만큼 약천사의 저녁 종소리를 들으려 조금 우회했다. 해넘이를 하러 온 사람들로 꼭대기가 빼곡했다. 사람들 뒤통수 사이로 지는 해를 간신히 볼 수 있었다.

산은 늘 좋다. 도시에서는 지금 걷고 있는 길이 행인들의 발길에 묻혀 속절없이 지워진다. 산에서는 오전에 걸었던 길이 오후에 다 보인다. 집에서 산으로 가는 게 아니라 산에서 지내면서 집에 가끔 다녀오는 경지에 이르고 싶을 때가 있었다. 아직은 그게 안 된다. 언젠가 나도 산에서 사는 날이 올까. 그땐 저 나무들도 진짜 식구처럼 여겨질까.

울산에 사는 친구가 메신저로 연하장을 보내 주었다. 하늘을 배경으로 찍은 감나무와 짧은 신년사였다. "가끔 하늘도 보고 살자." 말도 사진도 근사했다. 작심삼일이라고 할 때의 삼 일은 제법 긴 시간이다. 조금이라도 짙은 하늘을 가까이에서 볼 겸 심학산에 다시 올랐다. 해 바뀌고 사흘 만에 가는 무술년 첫 산행.

해가 완전히 넘어가자 시야가 짧아졌다. 우두커니 있는 나무들이 뚜렷하게 보이기 시작했다. 조금 더 어둑해지면 나무들은 웅크린 짐승처럼 변한다. 소나무와 신갈나무 사이로 노간주나무가 서 있었다. 말쑥하게 차려입은 모범생 같았다. 바늘처럼 뾰쪽한 잎에 찔리면 따끔따끔 아프다. 콩알만 한 열매가 다닥다닥 달렸다. 재질이 단단하면서도 삶으면 길이 잘 들어서 코뚜레로 쓰였다는 노간주나무.

큰길로 내려가자 어두워진 하늘에 쬐끄만 등들이 켜졌다. 연탄구이집 간판 아래 손님들이 불판에 둘러앉아 있다. 쟁반에 쌓인 고기도 보인다. 코뚜레가 끼워졌던 소는 죽어서야 그것을 벗어날 수 있었겠지. 목에 퉁소를 장착한 듯 새들이 크게 울며 날아갔다.

노간주나무, 측백나무과의 상록 관목.

호두나무

진달래와 아리랑이 없다면? 이 겨레의 이 마음을 어디에 기댈까.
내게 없어서는 안 될 것으로는 가야금도 들 수 있으리라. 얼마 전,
황병기 명인의 부음을 들었다. 문득 영화 「공동경비구역 JSA」에서
송강호가 가수 김광석을 두고 했던 대사를 흉내내고 싶어졌다.
"아니 왜 이리 빨리도 떠나시는 겁니까."

가야금 소리에 귀를 종종 적시는 한편, 황병기 명인을
소개하는 글이나 인터뷰는 가급적 챙겨 보았었다. 중학생 때
가야금에 반했다는 명인에게 부러운 마음이 들기도 했기에
다음의 글을 적기도 했다. "(…) 내 마음이 쏠리는 건 오 년
연상의 소설가를 평생의 반려로 맞이한 것도 아드님의 출중한
수학 실력도 아니었다. 감히 가야금은 더더구나 아니었다.
그것은 황 선생이 자신이 태어난 방에서 아직도 살고 있다는
사실이었다."(『인왕산 일기』 중에서)

명인의 명복을 빌며 구석에 있는 가야금을 보았다. 오래전
동묘 풍물시장에서 먼지를 잔뜩 뒤집어쓰고 있는 것을 소리나
한번 뚱땅거려 보자는 허영심에 데려 왔던 것이다. "내가 기억이
안 됐으면 좋겠어요. 나는 이제 죽겠죠. 그러면 그걸로 사라졌으면
좋겠어요." 언젠가 들었던 황병기 명인의 그 말씀을 떠올리며
가야금에 대해 생각해 보았다.

가야금은 오동나무를 나룻배 모양으로 파낸 소리통에
호두나무를 깎은 안족雁足(기러기발)을 올려놓고 명주실을 걸어

소리를 내는 현악기이다. 명인이 가야금을 연주하는 모습을
보면 마치 갈비뼈 근처에서 꺼낸 또 다른 자기를 눕혀 놓고
어르고 달래는 형국인 것도 같다. 나룻배의 몸통에 기러기의 발.
선생은 이런 가야금을 통해 인생의 비의를 깨닫고 불현듯 떠난
것일까. 인생의 짧음을 표현한 구절은 많다. 뜬구름 같다고도
하고 문틈으로 말이 휙 지나가는 것 같다고도 한다. 눈밭에 앉는
기러기가 진흙에 남긴 발자국 같은 것이라고 노래한 이는 위대한
시인 소동파였다. 화살처럼 빠른 시간은 누구나 나날의 일상에서
경험하는 바다.

사실 앞서 인용한 『인왕산 일기』의 글은 잘못 전해진 사실을
토대로 한 것이었다. 확인해 보니 선생은 가회동에서 태어나
북아현동에서 평생 머물렀다. 이제 왔던 곳으로 되돌아가셨으니
그 한 뼘의 차이를 따지는 건 부질없는 일이겠다. 오동나무는 물론
호두나무 아래를 지날 때면 덧없는 시간을 실어 나르는 명인의
가야금 소리 울려 나올 듯!

호두나무, 가래나무과의 낙엽 교목.

황벽나무

산에 가면 늘 좋지만 그게 천마산이라면 더더욱 아니 좋을
수가 없다. 꽃에 입문하고 처음으로 찾았던 산. 길지 않은 나의
꽃 이력을 따져 보면 천마산의 한 골짜기로 나의 반질반질한
등산화가 미끄러져 들어간다. 천마산은 늘그막에 우연히 나의
전부를 투신케 한 취미의 처음이자 바탕 같은 곳이다. 그 천마산의
정상 바로 아래의 돌핀샘에 앉아 쑥떡과 커피를 먹었다. 얼마 전
다녀간 첫눈의 흔적 사이로 까마득한 아래쪽을 내려다보는데

저만치 밑에서 수피가 울퉁불퉁 발달한 황벽나무가 눈에
들어왔다.

올해도 벌써 십이월이네, 무상한 세월의 흐름 속에서
그런 탄식을 주위로부터 여러 번 들었던 까닭인가. 문득 생의
질서가 어수선해지고 삶의 갈피가 헛갈릴 때마다 나의 근원이
어디일까를 궁리해 보기도 한다. 연말이고 겨울이기에 찬 기운에
편승하여 그런 생각이 더욱 싸늘하게 코끝을 두드리는 것인지도
모르겠다. 오늘도 예외는 아니라서 겨울 산에 드니 모두가
제자리로 돌아가고 있다는 느낌이 강렬하게 밀려들었다. 당장 저
황벽나무의 잎은 뿌리를 찾아서 흙으로 녹아들고, 이 돌핀샘의
물은 빗방울로 다시 태어나기 위해 바다를 찾아 한강으로
합류하기 위해 아래로 내려가는 중이었다.

고등학교 수학 시간, 이차함수 문제가 나오면 먼저 그림부터
그렸다. 이른바 가로축과 세로축을 긋고 원점을 표시하는 것이다.
그땐 그래도 미래에 대한 나름의 꿈과 더불어 연습장에 허술하게
표시한 중심이라도 있었다. 오늘 내가 오른 산도 말하자면 엎어
놓은 포물선이고, 내가 한 발 한 발 이동한 자취를 연결하면 그
포물선에 대한 점근선일 테다. 그렇다면 나도 항상 그 어디를
향하여 한없이 접근하고 있는 중이겠다.

황벽나무는 엄청 큰 나무이다. 그 앞에서 나는 너무나 작아서
여름에 피는 노란 꽃이나 가을에 여무는 열매를 지나치기 일쑤다.
다만 언제나 폭신폭신한 코르크의 탄력을 확인하고 즐기기 위해서
수피를 두들겨 보며 황벽나무를 구별해 왔다. 오늘은 때도 때이고
나이도 나이니만큼 나무 앞에서 오로지 이 생각만 하기로 했다.
겨울을 알몸으로 앓는 나무 앞에 서면 나무를 '木'으로 표기하는
연유가 저절로 짐작된다. 불가에서는 흔히 인간의 초라한

몸뚱아리를 '똥막대기'로 표현한다. 언젠가 우리는 모두 이 나무들 밑으로 들어가 'ㅡ' 자처럼 누워야 한다. 바로 그곳이야말로 나의 근본이 자리하는 곳이다. 그러한 궁리와 함께 황벽나무 아래에서 손가락으로 '本'이라는 글자를 허공에 적어 보았다.

황벽나무, 운향과의 낙엽 교목.

사위질빵

감쪽같은 나날들이다. 알록달록한 하루하루가 지나가더니 드디어 한 해를 마무리하는 시기가 왔다. 김수영 시인은 「방을 생각하며」에서 혁명에는 실패하고 방만 바꾸어 버렸다고 했지만, 나는 올해도 방은커녕 달력만 겨우 바꾸었다.

어수선한 기분을 정리할 겸 옛글을 함께 읽는 동무들과 송년 모임을 했다. 서울에서 가장 높다는 북한산 혹은 그 아래 둘째 동생뻘쯤 되는 인왕산을 찾을까 하다가, 연말답게 방향을 확 바꾸어 버렸다. 서울에서 가장 낮은 곳을 찾기로 한 것이다. 부드럽기 이를 데 없는 물에게 한강이 가장 낮은 장소라면 자갈 같은 몸을 가진 우리들에겐 국립묘지가 가장 낮은 곳이겠다. 게시판에 올린 한 글동무의 댓글이 새삼스러워졌다. "그날 묘지에서 뵙겠습니다."

나이 사십 이후에는 항상 보따리 쌀 준비를 하라는 글을 접한 이래 보따리에 대한 생각은 무시로 찾아왔다. 보따리 싼다는 말의 의미를 누가 굳이 설명해 주지 않아도 몸으로 아는 나이도 되었다. 예고 없이 죽음이 나를 찾아오기도 하겠지만 내가 그것을 찾아 헤맨다는 느낌이 들 때도 있다. 이런 궁리를 바탕으로 아직 다 완성하지 못한 글귀를 메모장에 적은 채 국립묘지 산책에 나섰다.

그 메모란 다음과 같았다.

"날이 갈수록 그것이 좋다. 나도 아니고 너도 아니고 그렇다고
우리도 아닌 그것. 온기도 물기도 없고 살도 없고 뼈도 없는 그것.
그것이 좋아진다. 산에는 꽃이 피고 그것이 많다. 그저 보아주는
이 없어도 계절은 빈틈없이 차례차례 다녀간다. 식물은 순서대로
꽃을 피운다. 저곳에 그것이 없었더라면 저곳은 텅 비었을 것이다.
그것은 그것으로 늘 고유하니까. 올해는 무술년. 내 생애 다시 못
볼 그것이 지금 저기에서 지나가고 있다."

이런 생각을 바탕으로 글감을 얻기 위해 두리번거렸지만
꽃은 어디에도 없었다. 전망 좋은 장군 묘역에 갔더니 장미 모양의
조화들이 흩어져 있었다. 추슬러 보니 빗살무늬 토기처럼 밑이
뾰족한 플라스틱 화분이었다. 내처 국립묘지의 뒷산인 서달산까지
올랐다. 완만한 경사길에 경건함을 유지하겠다는 듯 철조망을
쳐 놓았다. 그 철조망에 붙어 꽃이 아닌 듯 꽃으로 서 있는 건
사위질빵의 마른 열매였다. 할머니 머리카락 같은 흰 열매가 아직
녹지 않은 눈처럼 빛났다. 나중에 나를 보따리처럼 둘러쌀 때
사용하면 퍽 어울릴 사위질빵의 줄기가 국립묘지 한쪽 기슭에서
추위를 칭칭 감으며 악착같이 서 있었다.

사위질빵, 미나리아재비과의 덩굴성 나무.

주목

연말이 되면 숙제를 해치우듯이 밀린 일을 집중적으로 처리하는
버릇이 있다. 강물처럼 흐르는 시간을 한 해 단위로 정리해서
기억의 창고로 운반하는 오래된 습관 때문이기도 하다. 칼로 물
베기와도 같은 그 행위를 따라 하는 것은 아니었지만 인왕산을

이틀 연속으로 오르게 되었다. 날씨는 몹시 추웠다. 모처럼 오르는 인왕산. 모락모락 피어나는 입김을 따라 이런저런 옛날 생각도 따라 일어났다.

인왕산의 지리地理가 안내하는 대로 산의 정상으로 오르다 보면 산성의 안과 밖을 자연스럽게 드나들게 된다. 눈은 없었지만 추위가 꽁꽁 얼어붙은 산길을 가는 동안 뫼비우스의 띠 혹은 이승과 저승의 한 경계를 떠올리기도 했다. 산성의 안팎을 오고 가며 느낀 이런 인상은, 올해가 나의 예순번째의 새해인 만큼 혹 인왕이 보내 주는 특별한 전갈이었을까.

이틀 연속 산에 올랐다지만 이만한 높이로는 조금 싱겁다는 느낌이 들었다. 이렇다 할 꽃이며 나무도 없는 것 같아 기억의 한 자락을 소환하기로 했다. 오늘 인왕산에 올라 묵은해를 보내드리듯 이 년 전 새해를 맞이하러 간 태백산에서의 기억이다.

산을 오른다. 봄이면 어김없이 가 보는 태백산. 꽃의 생태계도 다종다양해서 해마다 탐방하는 곳이다. 가을에 가는 것을 빼먹으면 어쩐지 허전해지는 태백산. 이름에서부터 범상치 않은 기운이 감돌 뿐 아니라 실제로 칼바람 몰아치는 호쾌한 능선에 서면 동안거冬安居에라도 든 듯 눈 속에서 저마다 명상하고 있는 강원도의 첩첩한 산들이 한눈에 들어온다. 눈만이 나무 모양대로 나무를 조각하는 건 아니다. 바람도 나무를 조각하고 있다. 햇빛을 찾아 이 능선으로 피신했지만 여전히 거센 바람에 시달리는 저 나무들의 수종은 주목朱木이다. 거센 바람의 영향으로 한쪽 방향으로만 발달한 가지는 그 끝이 몽땅하다. 살아 천년 죽어 천년이라는 나무, 주목. 껍질은 물론 나무속까지 은은하게 붉은 주목. 이 나무 앞에서 한 살을 더하고 빼는 게 무슨 의미일까. 눈에 폭 파묻힌 태백산 기슭에는 내년 봄을 뚫고 나올 꽃들이 벌써

178

눈망울을 굴리고 있겠지….

나무는 기해년에도 여전히 안녕하시길, 지금도 민족의 영산靈山을 지키고 있는 태백산의 주목을 특별한 마음으로 떠올리며 세모의 불빛이 번들거리는 시내로 내려왔다.

주목, 주목과의 상록 교목.

화살나무

단 한 그루의 나무를 위해서도 그 나무만큼의 햇빛이 정확하게 드는 법이다. 오늘 내가 찾는 나무는 홀로 우뚝한 교목이 아니라 어울려 사는 관목이다. 그것도 울타리로 심기에 적당해서 일제히 줄을 맞춰 세워지고 관리당하는 나무이다. 이 나무는 뚜렷한 특징이 있다. 줄기에 날개가 있는 것이다. 그 나무를 볼 때면 나는 옛날의 한 시절로 득달같이 달려간다.

부산으로 전학 가던 날. 천일여객 낡은 시외버스는 거창 차부를 떠나 합천, 창녕, 밀양, 삼랑진을 거쳐 탈탈거리며 부산을 향해 갔다. 하루 종일 차의 진동에 시달리느라 발등이 조금 부어올랐고 신발은 뻑뻑해졌다. 비슷하게 출발한 해도 뉘엿뉘엿 서산으로 넘어갈 무렵, 세상에서 가장 길다는 구포다리를 건넜다.

여기가 그토록 꿈에 그리던 부산의 입구인가. 이리저리 구경거리에 눈을 부라리는데 희한한 광경이 포착되었다. 처음 보는 네온사인 아래 어느 공터에서 하얀 러닝셔츠를 입은 두 사람이 큰 주걱 같은 것을 가지고 공중에 무언가를 주고받으며 놀고 있었다. 아니, 세상에, 백열전구를 안 깨트리고 가지고 놀고 있지 않겠는가. 초등학교 삼학년짜리 촌놈의 입에 탄성이 터졌다.

"역시 도시 사람들은 대단해!"

나중에 알고 보니 그것은 배드민턴공이었다. 꽃과 나무에 입문하고 나무의 특징을 통해 나무를 알아 갈 때, 앞서 말한 그 나무에 관한 설명을 듣는 순간 나의 기억이 쏜살같이 달려간 곳은 그 신기했던 전구가 오르락내리락하던 구포다리 근처의 어느 공중이었다. 그 나무줄기의 날개와 배드민턴공, 다시 말해 셔틀콕의 날개가 서로 몹시 닮았다고 느꼈던 것이다.

시계가 없다고 시간마저 없어지는 건 분명 아니다. 여러 우회로를 거친 뒤, 나는 오늘도 인왕산의 둘레길을 걷고 있다. 멀리 단정한 그 나무가 보인다. 나무가 저곳에 있기 위해선 나무를 비추는 햇빛만큼이나 시간도 필요하다. 새해 지나고 벌써 일주일, 새해 첫 주는 고여 있는 시간의 웅덩이인 듯 조금 지루한 감이 없지 않았다. 이제 기해년도 제 시간의 봉투를 뜯겼으니 셔틀콕처럼 또 빨리 흘러가겠지. 줄기에 날개가 발달한 화살나무 옆을 지나는 오늘은 소한小寒이다.

화살나무, 노박덩굴과의 낙엽 관목.

거제수나무

기해년 들어 대한大寒 근처를 지나건만 지난여름 땡볕에 상응하는 추위가 없다. 폭설도 내리지 않았다. 이런 사정을 배경으로 심설산행尋雪山行에 따라나섰을 땐 묵은눈이라도 실컷 맞으리란 기대가 없지 않았다. 대관령에 도착해서 능경봉으로 오르는데 마침 눈발이 흩날리기 시작했다. 눈에 휩싸인 겨울 산에 들면 잎을 떨군 나무의 밑천이 훤히 드러난다.

그리하여 어느 비탈의 우람한 거제수나무 아래에서 이런 시 한 편을 찾는 건 자연스러운 일이었다. "나무는 자기 몸으로 /

나무이다 / (…) / 온몸을 뿌리박고 대가리 쳐들고 / 무방비의
나목으로 서서 / 두 손 올리고 벌받는 자세로 서서 / 아 벌받은
몸으로, 벌받는 목숨으로 기립하여, 그러나 (…)."(황지우, 「겨울−
나무로부터 봄−나무에로」 중에서)

눈은 계속 내렸다. 비가 애인 만나러 갈 때처럼 그냥 한꺼번에
후다닥 내리고 만다면, 눈은 애인 만나고 올 때처럼 망설이는
눈빛과 아쉬운 마음을 담고 천천히 흩날린다. 부드러운 혁명처럼
천하가 바뀌어 가는 가운데 벌받는 자세의 거제수나무를 보면서,
서울을 벗어날 때 귓가에 왕왕거렸던 뉴스와 관련된 기억 하나가
떠올랐다. 오래전 어느 법률가와 만난 적이 있었다. 법에 대해
문외한인 나는 궁금한 점이 많았다. 이런저런 이야기 끝에 그분이
남긴 한마디가 영영 잊히지 않았다. "세상에 죄가 이만큼 있다면,
요만큼 드러나고요, 요만큼 기소가 되고요, 이만큼 재판을 받고요,
겨우 요만큼 벌을 받는 셈입니다." 한 단계마다 반 토막으로
좁혀지더니 끝내는 한 뼘만큼으로 팍 쪼그라든 그이의 손바닥
사이로, 법망을 빠져나간 이른바 '법꾸라지'들이 활개치는 소리가
푸드덕거렸던 기억.

세상의 소리를 집어삼키며 계속 내리는 눈. 하늘이 보내 준
순결한 눈이 발밑에서는 금방 질컥이는 흙탕으로 변해 버린다.
잘되기는 어려운데 잘못되기는 왜 이리 쉬운가. 눈 내리는 겨울
대관령에서 만난 거제수나무. 부르튼 입술처럼 그 수피가 얇고
붉게 일어나며 벗겨진다. 어쩐지 누군가를 대신해서 애꿎게
벌서고 있는 것만 같아서 자꾸 쳐다보게 되는 저 겨울나무들.

거제수나무, 자작나무과의 낙엽 교목.

측백나무

새해 지나고 벌써 한 달. 아라비아 숫자만 큼지막하게 쓰인
달력 아래 살지만 그 속에 숨은 이십사절기를 올해부터 몸에
밀착시키기로 했다. 아무리 발버둥을 쳐 보아도 고작 오늘밖에
살지 못하는 내가 한 해의 중심을 그 어디로 삼는 건 부질없는
일이겠다. 하지만 그럼에도 한해살이의 시작은 입춘立春에 맞추는
게 좋을 듯하다. 봄이 저기에 저렇게 서는 것처럼 나도 여기에
이렇게 독립적으로 서는 것에서부터 출발하기로 하자.

  설 연휴의 여세를 몰아 오래전부터 별렀던 강화 교동도에
갔다. 그 작은 섬은 아직도 명절이면 찾아오는 내 어릴 적 냄새를
조금 간직하고 있을 것도 같았다. 저물 무렵을 겨냥했지만
도착하고 보니 조금 빨랐다. 늦은 오후였다. 교동제비집 이층의
카페에 들러 몸을 녹인 뒤 대룡시장에 갔다. 좁은 골목마다 그
시절을 통과해낸 사람들이 추억에 젖은 얼굴로 서성거린다.
관광객들로 불이 난 호떡집을 비롯해 이런저런 '점빵'들 사이로
효도 관광, 신혼여행 안내문도 보인다. 장례식장 빼놓고 있을 건 다
있는 대룡시장.

  그 끄트머리의 떡집에서 산 가래떡을 입에 물고 골목을
벗어나니 교동초등학교가 보였다. 제106회 졸업식을 축하하는
현수막 옆으로 우람한 측백나무들이 도열해 있었다. 교문 기둥을
만지는데 어쩔 수 없이 내 고향 초등학교의 졸업식 생각이 났다.
풍금 소리에 맞춰 졸업식 노래를 부르고 나온 여학생 누나들이
교문을 부여잡고 현판을 어루만지며 한참을 울고 난 뒤에
흩어지던 기억이 왈칵 몰려 나온 것이다. 교동초등학교 담벼락에
초상화가 있었다. 이 학교를 떠나고, 이 세상도 마저 졸업하신 다섯
분의 제1회 졸업생들.

방학도 없이 학교를 묵묵히 지키고 있는 건
측백나무들이었다. "빛나는 졸업장을 타신 언니께 꽃다발을 한
아름…" 목구멍이 조금 간질간질해지는 그 노래를 흥얼거리면서
운동장을 걸어 새삼스레 나무를 세어 보았다. 교문을 중심으로
좌측으로 쉰네 그루, 우측으로 스물아홉 그루였다. 이 학교와 이
섬에서 벌어지고 있는 일들을 빠짐없이 기억하고 저장하는 건
바로 이 측백나무들이겠다.

멀리 해가 지는 것을 보면서 시장으로 돌아와서 양초를 샀다.
마땅히 살 게 없을 땐 양초가 좋다. 이제 집에 가서 불을 켜면
겨울에도 푸르른 교동도의 측백나무가 떠오르며 많은 생각이
푸르륵 일어나겠다.

측백나무, 측백나무과의 상록 교목.

까마귀쪽나무

배에서 내려 거문도에 발을 딛는 순간, 몇 가지 생각도 훌쩍 나를
따라 내렸다. 시골에서의 어린 시절, 제사 지내고 나면 음식은
고방으로 가고 병풍과 제기는 다락이나 시렁으로 올라갔다. 첫돌,
약혼, 결혼 등 이제 반지로 남은 여러 시절을 통과하고 한 큰
매듭에 이르니 이제 옛날의 그것들처럼 나도 그 어떤 선반 위로
올라간다는 느낌이 든다. 그만큼 하늘에 가까워졌다는 뜻이리라.

십 년 단위로 묶으면 고작 여섯 번 만에 도달하게 되는
이순耳順의 고개이다. 이제 마지막 고비까지 두세 번 남았는가.
앞으로 남은 첫 구간을 지탱할 한 글자의 주제어로 '문'을 택했다.
『논어』의 한 대목인 '행유여력 즉이학문行有餘力 則以學文(행하고도
힘이 남은 뒤에야 글을 배운다)'이라고 할 때의 그 문文이다. 그런

가운데 거문은 '巨文'이라 하니 더욱 특별한 느낌을 아니 가질 수 없었던 것이다.

거문도는 개화기 때 영국이 러시아를 견제하기 위해 불법으로 점령했던 곳이다. 낚시꾼과 관광객을 유혹하는 간판과 거문도에서 근무하다 죽은 영국군의 묘지를 안내하는 이정표가 어우러진 시내를 가로질러 거문도 등대로 걸어갔다. 몇 개의 섬이 병풍처럼 둘러선 거문도는 호수처럼 평온하고 고요한 듯 보였지만 출렁대는 파도를 따라 이 섬의 근심과 걱정도 따라 흔들리는 듯했다. 빈 가게가 여럿이었다.

거문도 등대까지 가는 길은 동백나무 숲이 터널을 이루는 꽃길이었다. 통으로 떨어진 동백꽃이 길바닥을 밝힌다. 꽃은 나무에서 한 번, 길에서 또 한 번 핀다. 바위에 걸터앉은 꽃도 있다. 짙은 응달의 돌 속에서 누군가 바깥을 내다보는 느낌. 드디어 등대에 도착했다.

아담한 입구에서 서성거리는 건 까마귀쪽나무들이었다. 바닷바람을 상대하느라 거칠 수밖에 없음에도 길쭉한 잎은 둥글게 모여 나고, 수형도 깔끔하고 매끈했다. 동백 꽃잎을 올려놓은 듯 빨간 모자를 쓰고 있는 등대 너머로 서로 구별이 되지 않는 바다와 하늘의 쪽빛들. 바다에는 배가 행진하고 하늘에는 비행기가 지나가고 있었다. 혹 영국으로 가는 비행기인가?

까마귀쪽나무, 녹나무과의 상록 관목.

참식나무

한 해의 끝인 십이월이 밋밋하게 삼십일로 끝나지 않고 혹처럼 하루 더 있는 게 얼마나 다행인가. 신년으로 연결된 등대처럼 그날이 있어 일 년의 마무리를 할 수 있는 게 퍽 다행이다. 무언가 마음을 가다듬어야 할 디딤돌이 필요한 이 시기에 무엇을 하면 좋을까. 거제도에서 가까운 내도內島로 갔다. 구조라 선착장을 떠난 배는 십 분 만에 '자연이 품은 섬, 내도'에 나와 일행을 내려 주었다. 아직도 귓전에 남아 있는 선장님의 구수한 입담이 뱃전을 울렸다.

산의 높이를 재는 기준인 해발海拔이 그대로 환히 드러나는 곳을 출발해서 시곗바늘처럼 한 바퀴 돌기로 했다. 내도에는 자동차가 다니지 않는다. 당연히 아무런 석유 냄새도 없었다. 깨끗한 공기 사이로 세 종류의 길이 있다. 주민이 주로 다니는 마을길과 관광객이 사용하는 해안길, 그리고 염소가 닦아 놓은 희미한 산길이다. 낯선 나를 물끄러미 구경하더니 후다닥 저희들 길로 통하는 절벽으로 뛰어가는 어린 염소 세 마리.

내도의 우람한 나무를 살피면서 세심 전망대를 거쳐 신선 전망대에 도착했다. 섬에는 물론 무덤도 있었다. 멀리 이 섬과 짝을 이루는 외도外島가 반짝거렸다. '외'에 주목하면서 이 세상 바깥에 대해서도 한번 생각해 본다. 내도에서 외도를 바라보는 이곳은 그야말로 바깥을 떠올리기 좋은 장소였다. 지금은 말보다는 마음을 관찰해야 하는 시기. 무술년을 가늠하며, 나이를 재 보며, 세월의 둘레에 대해서 궁리해 보는 시간.

어느덧 한 바퀴를 다 돌아 희망 전망대에 도착하니 이런 팻말이 있었다. "시간이 갈수록 젊어지는 참식나무 이야기. 참식나무의 어린 잎을 보면 누런 털이 엄청 많은데 도무지 젊은 기운이 느껴지지 않는다. (…) 참식나무의 털은 시간이 가면 오히려 없어지고 맨질맨질해진다." 덧없이 흐르는 시간의 물결 속에서 닳는 조약돌 같은 자신의 나이를 걱정하는 이라면 거제

내도의 참식나무 아래로 와 볼 일이다. 이곳에서 나무의 기운을 쬐면 나이를 거꾸로 먹어 시간이 갈수록 오히려 젊어진다고 하지 않는가. 남부 해안에 흔하게 늘어서 있는 참식나무. 한겨울에도 붉은 열매로 직박구리를 불러들이는 나무. 금으로 칠한 듯 잎 뒷면이 연하장처럼 빛나는 참식나무.

참식나무, 녹나무과의 낙엽 교목.

책 끝에
파주坡州에서

서울에서 북쪽으로 자유로를 달린다. 한강과 더욱 친근하게 접촉하는 난지도 지날 무렵 도로 바닥에 일산, 파주라는 이름이 나타나기 시작한다. 그 흰 페인트 글자를 문지르며 속력을 높이다가, 파주에 대해 생각해 보게 되었다. 그간 파주의 '파'는 나에게 너무나 강력한 한자였다. 파격, 파경, 파계, 파문, 파국, 파열, 파산, 파쇄, 돌파, 파락호, 대파, 설파. 동음이의이긴 하지만 이백의 시「파주문월把酒問月」도 있다. 익숙한 것들과의 결별, 한 세계를 닫고 새 세계를 열어젖히는 파천황破天荒의 변화. '파'의 이런 파열음은 대쪽 같은 냉정함을 불러오는 정신의 경사면이었다. 시원한 각성제 역할도 톡톡히 했다. 나 역시 동물의 일원으로서 다분히 동물적 감각에 기댄 바였다.

몇 해 전, 근 십여 년을 머문 인왕산 아래에서 파주출판도시로 어렵사리 짐을 옮기며, 이제 마지막으로 몸을 의탁하게 될 고장의 이름에 대해 곰곰 생각해 보았다. 그건 그 장소에 대한 예의이기도 했다. 그리하여 어느 고사성어의 준말이라도 되는 양 파주에서의 살림살이를 시작하면서 사뭇 이런 각오와 기대를 다지기도 했다. 파부침주破釜沈舟의 심정까지는 아니더라도 심학산 자락의 새로운 공간이 물어다 줄 뜻밖의 궁리가 궁금하구나.

그랬던 파주였다. 그냥 갈라치는 파도의 한 물결처럼 노년을 통과할 고장에서 무덤덤한 날을 보내는 게 일상이 되었다. 그제 옥편을 뒤지다가 파주와 관련하여 기존의 상식이 일거에 무너지는 경험을 했다. 파주의 '파'는 깨거나, 깨지거나, 깨뜨리거나,

가르거나, 나누거나, 흩트리거나, 파괴하거나, 찢거나, 때리는
것과는 전혀 상관이 없는 것이었다. 파주의 '파'는 고개, 언덕,
비탈, 둔덕, 둑, 제방을 뜻하는 글자였다. 이렇게 얌전한 의미일
줄은 미처 몰랐다. 파주는 다분히 해어진 땅을 한 땀 한 땀 깁는
한해살이풀들과 주위의 흙을 모으고 아끼는 나무들의 식물적
취향이 물씬한 곳이었다.

사무실 뒤편의 심학산에 오를 때마다 심학은 물론 파주에
대한 생각을 긁어모은다. 그리 울창하지는 않지만 나보다 큰
나무들을 보면, 나무도 물끄러미 나를 보는 것 같다. 간간이
딱따구리가 죽은 나무를 쪼는 소리도 들린다. 딱따구리가 둥지
하나 만들자고 저 수고를 하겠는가. 바닥의 딱딱함과 공중의
물렁함을 알게 된 딱따구리가 나무처럼 제자리를 하나 찾아 진정
독립하고 싶은 것일 테다.

저녁이면 날아드는 새들의 둥지, 아침이면 피어나는 바람꽃의
언덕. 피안으로 건너기 전 잠시 대기하는 이승의 대합실 같은 곳,
파주. 그곳에서 딱따구리의 뒤를 따라 나무 하나의 궁리를 오늘도
한다.

이 책은 『경향신문』에 '이굴기의 꽃산 꽃글'이란 제목으로
2014년부터 2021년까지 연재했던 글 중 나무 산문을 고르고 새
글을 보태 꾸민 것이다. 옛 기억을 들추다 보니 자연 어릴 적
사투리가 툭툭 튀어나왔다. 맞춤법에는 맞지 않겠지만 내 살점인
것 같아서 그대로 곳곳에 박아 두었다.

임인년 늦봄
이갑수

188

이갑수(李甲洙)는 1959년 부산에서 태어나고 거창에서
자랐다. 서울대학교 식물학과를 졸업한 뒤, 여러
우회로를 거쳐 출판에 입문, 현재 궁리출판 대표로
있다. 인왕산을 오르내리다가 뒤늦게 풀과 나무를
발견했다. 꽃 앞에서 자주 몸을 구부리며 사진도
찍지만 갈 길이 멀다. 식물은 지구의 특별한 피부라고
생각하며, 자연과의 접촉면에 비례하여 자족의 크기가
결정된다고 믿는다. 지은 책으로『신인왕제색도』
『인왕산 일기』『꽃산행 꽃시』『내게 꼭 맞는 꽃』
『오십의 발견』이 있다.

나무와 돌과 어떤 것
이갑수

초판1쇄 발행일 2022년 6월 10일
초판3쇄 발행일 2024년 7월 10일
발행인 李起雄 발행처 悅話堂
경기도 파주시 광인사길 25 파주출판도시
전화 031·955·7000 팩스 031·955·7010
www.youlhwadang.co.kr yhdp@youlhwadang.co.kr
등록번호 제10-74호
등록일자 1971년 7월 2일
편집 이수정 장한올 최영건 디자인 박소영
인쇄 제책 (주)상지사피앤비

ISBN 978-89-301-0746-4 03810

Thoughts About Trees ⓒ 2022, Lee Kabsoo
Published by Youlhwadang Publishers.
Printed in Korea